LA REGENTA DEL TRÓPICO

Otto Rosario Villafañe

LA REGENTA DEL TRÓPICO

EDITORIAL
LETRA MINÚSCULA

Primera edición: septiembre de 2024
ISBN: 978-84-10468-95-5

Editado por Editorial Letra Minúscula
www.letraminuscula.com
contacto@letraminuscula.com

Índice

Dedicatoria:

A Siamiralis Roldán, que, con su Barranquitas Entre Páginas, me hizo sentir escritor, y a todos los que no callan ante la injusticia, trabajando con amor por un mundo mejor. Para ellos y sus ilusiones,

alabanza,

alabanza,

alabanzas...

Prólogo del autor

Esta es mi segunda novela, y aunque estructura, época y tratamiento de los temas se hace de una forma marcadamente distinta, comparte con la primera una convergencia importante. En una y otra la mujer, lo femenino, es tema central y las dos surgen de lecturas de otros libros. En esta ocasión escribo para honrar una novela que Mario Vargas Llosa catalogó como la mejor de las escritas en la España del siglo XIX y para reivindicar a su personaje principal. *La Regenta*, de Leopoldo Alas (Clarín), describe una ciudad ficticia donde todo está podrido y corrupto.

De la novela de Clarín, aprovecho el final abierto para darle una segunda vida a su protagonista, Ana Ozores, mejor conocida como la Regenta. Ana es víctima de sus circunstancias sociales, todas agravadas por su condición de mujer. La heroína tiene aquí la oportunidad de rehacer su vida y trasmutar lo de «condición» a bendición. Quien haya disfrutado de la lectura de *La Regenta*, y la tenga presente, podrá recrearse en la continuidad de personajes y en las claras referencias a distintos aspectos de la obra original. Se ha hecho un esfuerzo adicional para que aquellos que no hayan leído la novela de Clarín también puedan disfrutar la lectura. A este punto, supongo que no es necesario aclarar que *La Regenta* es un clásico recomendado con entusiasmo y alegría.

Las reivindicaciones feministas al personaje principal se llevan al máximo posible sin caer en burdos anacronismos. He tomado ventaja del rico contexto histórico de la segunda mitad del siglo XIX en la isla de Puerto Rico para ambientar la narración. A manera de destripe, cierro estas notas diciendo que nuestra Ana, en la lúgubre Vetusta, y más en el trópico, corre mejor suerte que otras heroínas de la época como Emma Bovary o Ana Karenina.

«Madame Bovary, c'est moi; Gustave Flaubert»,
Ana Ozores Montalcini, soy yo.

Capítulo I. De cómo Ana Ozores se despojó del título la Regenta y se transformó en Ana Ozores Montalcini

Todo lo que dejaba atrás era oscuro, Vetusta. El transatlántico Alfonso XI se alejaba del puerto de Cádiz jadeando, expectorando a los cielos una estela negra, mezcla de vapor y carbón quemado. El viento del este era favorable y le facilitaba el trabajo a la fatigada maquinaria. Las nubes sombrías se deshacían a la nada. Ella igual dejaba atrás su antigua vida cuando era la Regenta, calimbo impuesto que la definió por demasiado tiempo. Juraba, por lo que le quedaba de fe, no volver a pisar lo que abandonaba. Los techos tenebrosos, las paredes tapizadas de musgo y las ideas obsesivas que tanto la atormentaron eran relegadas al olvido. ¿Cuándo Ana Ozores había pedido título alguno? En el Nuevo Mundo sería Ana. Nada de Regenta, nada de viuda de Quintanar. Lo de Ozores lo usaría solo cuando fuera necesario para honrar a su padre, pero siempre acompañado del apellido de su madre, Montalcini. Su pobre madre fue víctima inicial de las calumnias, y su temprana muerte, cómplice grata del perjurio.

La Regenta caminó hasta el borde de popa inclinándose hacia el mar como suicida que se arroja a muerte segura. Se quitó el anillo que Víctor Quintanar le había colocado en el dedo del corazón. Ese pedazo de metal la encadenó al contrato que su tía Anunciación había refrendado en su nombre. Lo arrojó al mar. No fue un gesto violento, más bien lo dejó deslizar de su mano. Propició el que se hundieran las miserias de su niñez, todas las calumnias, el hastío de la ciudad oscura, la falta de calor en su lecho, el amante cobarde y el cura calambuco. Le dio la espalda al puerto y caminó dejando a sus espaldas todo su pasado. Tenía un firme convencimiento: el deseo de vivir una vida más alegre. Ese anhelo no era cónsono con sus mustios recuerdos, por ello el afán de que quedaran sepultados bajo el agua, donde el sondaje no pudiera llegar. Que el mar, espuerta gigante de sal, escociera sus heridas.

El sol brillaba hacia occidente punteando luminosamente la ruta hacia el Nuevo Mundo. Ana estaba resuelta a retomar la lectura de los libros de su padre. Los había rescatado cuando desalojó la vieja casona de los Ozores, Víctor Quintanar los preservó. El viejo Víctor no fue mala persona, pero fue más bien un padre y no un hombre, como se supone que un marido lo fuera en la intimidad. Las obras de la biblioteca de su padre eran en su mayoría prohibidas, condenadas, anotadas en el índice de la iglesia. Los buenos cristianos no leían esos instrumentos del mal; quienes lo hacían corrían el riesgo de ser excomulgados y, al morir, terminar como Santos Barinaga. Ana, en estos momentos, preferiría ser enterrada en el estercolero de cualquier cementerio civil a que sus huesos descansaran eternamente cerca de magistrales fariseos. Un escalofrío estremeció a la mujer, que se lo adjudicó a la ventolera sobre cubierta, intensificada por la velocidad del vapor. El astro la iluminaba, cabellos y ojos resplandecían como llamas, contrastando con el vestido y la mantilla negros. Esta última prenda descansaba sobre sus hombros, pero la brisa marina la hizo caer sobre cubierta. Ana sonrió agradeciéndole a la ventisca y continuó caminando sin detenerse, pensando que la mantilla y el traje debió arrojarlos junto al anillo.

Su mente divagó y se vio caminando desnuda de regreso a su camarote. No había nada reprochable en sus pensamientos, era la pureza de sentirse despojada de viejas ataduras. Una niña de unos doce años le tocó la mano para llamar su atención mientras le extendía la prenda oscura, lo cual la sacó de su ensimismamiento. Ana, con una sonrisa, le regaló lo que se había convertido en un molestoso trapo. De hoy en adelante ella era Ana Ozores Montalcini. Nada de viuda, ni de beata, ni hija de bailarina, y mucho menos la Regenta. En el Nuevo Mundo ella brotaría como ave fénix. Ya no vestiría de grisalla; el azul del cielo, el mismo de sus ojos, reflejado en el vasto océano Atlántico, sería su color. ¿Y por qué no hacerse acompañar de rojos, verdes y amarillos que celebraran el sol, como Akenatón lo hizo en su día? Estaba dispuesta a llevar el luto más estricto, pero solo como se les exigía a los hombres.

Iba a conquistar el Mar Tenebroso como el gran almirante genovés que tanta gloria le brindó a España siglos atrás. Navegaba sobre el Atlántico después de Colón, sin miedo a caer por precipicios o a ser devorada por monstruos marinos. Los abismos y aberraciones, si acaso, estaban dentro de ella, pero algo le decía que esta aventura en lo desconocido sanaría la mitad de sus traumas. La futura hacendada no estaba segura de si se había convertido en masona, panteísta, o qué. Había iniciado la lectura de un viejo ejemplar del filósofo Spinoza y su fe en Dios se mantenía fuerte, aunque la liturgia y el clero ya no le eran tan favorables. Se le hacía difícil pensar que volvería a confiar plenamente en alguien con sotana. Ella buscaba conquistar sus pensamientos, su felicidad, ser capaz de decidir por sí misma qué hacer con su vida.

El único ser que realmente la había querido como un padre a una hija en la miserable Vetusta fue Tomás Crespo, Frígilis, como se le conocía. Cuando más necesitada estuvo, incapaz de valerse por sí misma, él calladamente cuidó de ella. Con excepción de árboles y plantas, los llamados cristianos de la ciudad oscura aborrecían al loco darwinista, como le llamaban. Tomás Crespo hacía el bien como un verdadero cristiano se supone que lo hiciera, sin mirar a quien, en silencio, sin necesidad de templos ni ceremonias. Claro que a veces, queriendo hacer el bien, se cometen graves errores, pues Frígilis fue su casamentero.

Ana se había enterado por Anselmo de que Petra estaba instalada en la casa del ruin magistral[1] don Fermín de Pas como criada, lo que la llevaba a pensar que todas las intrigas y atrocidades que le reprochaban al dignatario eran ciertas. Y aunque tuvo que presionarlo, Anselmo le confirmó que la ambiciosa sirvienta había tenido que ver con Mesías y Quintanar. Eso explicaba el aire altanero que en los últimos tiempos acompañaba a la moza. De lo de Quintanar ya le había informado, muy a su conveniencia, Mesías. Ahora Ana comprendía la extensión de la maldad, la ambición desmedida de la criada y la perversidad de Mesías, su amante. ¡En qué clase de lupanar vivió!

Don Víctor Quintanar fue como un padrastro, pero como hombre no cumplió. ¡Qué asco le daba todo eso! Bien

1 Magistral es un funcionario de la Iglesia católica. Canónigo prebendado de oficio. Es el predicador propio del cabildo.

fundado fue el repelillo que siempre le tuvo a su doncella. El día de sus nupcias debió ser el de su adopción y no uno de celebraciones. Ella, que agonizaba lentamente quemándose por dentro durante años, y don Víctor corriendo detrás de sirvientas. ¡Cobarde, poco hombre! La mujer más admirada de la provincia era como la cúpula de la catedral: todos miraban, nadie tocaba. La ausencia total de pasión la arrojó a los brazos de otro hombre.

—Víctor Quintanar, gastabas tus escasas energías en aventuras baratas y a mí no me cumplías —comentó Ana para sí con un dejo de pena en su voz.

Claro que Ana nunca se enteró de que las aventuras lúdicas de su marido eran casi tan inocentes como la suya en la barca encallada. Quintanar, además de ser un pusilánime, era impotente desde muy joven. Encarnaba al héroe o galán solo en sus ensoñaciones teátricas.

Ahora le quedaba claro por qué, luego de las visitas al supuesto primo, Petra volvía sudada, agitada, con fuerte olor y la vestimenta desarreglada. Era una hembra trepadora que agarraba mancebos con la misma despreocupación con que la rueda del molino cogía agua. Los hombres de su vida, tanto los que entraron a su corazón besando su espíritu, como el magistral, como los que habían entrado en su lecho, eran unos ruines. Las vigas en los demás, sobre todo si eran machos, nunca importaban. Pero ella siempre igual, la señalada. Y recordó Ana el inocente episodio de su niñez cuando pasó la noche junto a su compañerito en la barca que nunca zarpó, como su vida. El incidente lo aprovechó su aya para acabar de desprestigiarla añadiéndolo a la mancha de ser supuestamente hija de una bailarina. Los hombres comenzaron a mirarla como si fuese un cántaro roto al que podían hurgar. Eso la obligó a refugiarse en la soledad. De una extraña manera, que sería difícil de explicar, Ana sintió repulsión y a la vez envidia de Petra.

De pronto, una nostalgia, un sentimiento inefable la invadió. Quiso voltear y correr tras la niña de la mantilla. Darle todos los abrazos que ella no recibió, por si los padres no se los daban, que creciera sana y sin melancolías. Y se prometió que si Dios le daba hijos los abrazaría mucho, muchísimo. Ocuparse de los niños en la hacienda sería uno de los pasatiempos favoritos de Ana.

Se convirtió en hacendada gracias a Frígilis. Todo comenzó cuando, ante la negativa de la enferma de salir del caserón, el buen amigo buscó cómo entretenerla dentro del hogar, como pedía el Dr. Benítez. Las primeras lecciones quizás se perdieron, a pesar de que Ana parecía concentrada escuchando. Las enseñanzas de Frígilis, a través de la repetición y de la pasión, terminaron imponiéndose. Las materias teóricas comenzaron bajo techo, pero las partes prácticas se trasladaron al parque. Ana asimiló hasta el último detalle de la aclimatación del *Eucalyptus globulus* a la región triste y oscura de Vetusta.

Cuando Frígilis comenzó a fraguar su plan para alejar a Ana del ambiente malsano, sus enseñanzas se concentraron en cultivos afines a las Indias Occidentales. Ana, aunque con un poco de aprehensión, se creía capaz de trabajar junto a su aliado técnicas para mejorar la calidad del grano de café. Los franceses fueron los primeros en plantar café arábico en las nuevas tierras. Eso fue en la isla de Martinica hace ya casi ciento cincuenta años. Esa pequeña isla surtió a Francia de una emperatriz, además de ron, tabaco y café. A Puerto Rico llegaron plántulas poco después, por lo que el cultivo ya estaba aclimatado. Su hacienda tenía unas doscientas fanegas sembradas y el resto necesitaba desmonte. La

Esperanza contaba con algunos setenta y cinco peones, casi todos arrimados, o sea, que vivían dentro de los confines de la hacienda. No había esclavos en la estancia cafetalera como los había en la mayoría de los latifundios azucareros. Ana aborrecía la esclavitud, y los pasajes en la Biblia donde se mencionaba como algo cotidiano solo servían para continuar erosionando su ya tambaleante fe.

Frígilis le arrancó la primera carcajada de felicidad en muchos meses al narrarle en forma de fábula la historia de cómo el *Homo sapiens* le tomó el gusto al café[2].

—Un joven pastor, llamado Sileno, tenía la gracia de hablar con su cabra favorita, Nera. Una noche notó el joven que el rebaño estaba más inquieto de lo normal y sin sueño. Las cabras ancianas saltaban junto a las jovencitas como si el cansancio y el sueño hubiesen sido desterrados del mundo. Sileno le preguntó a su cabra por qué el rebaño no se estaba tranquilo. Nera llevó al cabrero hasta unos arbustos con frutos rojo brillante y le dijo: «Recógelos. Caliééééntalos eeeen agua. Béééébetelo» —decía Frígilis agachado, saltando, imitando a Nera, la cabra.

A cada cabriola que daba en el aire su amigo, a Ana se le escapaba una carcajada recordando las cabras saltarinas que había visto tantas veces en el campo. Frígilis continuó la narración:

—Esa noche el pastor no pudo dormir y se la pasó corriendo detrás del inquieto rebaño. Así, los pastores adquirieron la costumbre de tomarse un café por la mañana para espabilarse al despertar, y tener energía para pastorear los rebaños.

Ana, cual niña juguetona, le pedía a Frígilis que le volviera a mostrar cómo era que saltaban las cabras. El bueno de Frígilis volvía a dar brincos y a gritar:

2 Esa historia me la narró mi abuelo Juan Villafañe Machín.

—Béééébetelo —decía mientras Ana se desternillaba de la risa.

Le tomó más de tres meses, luego del asesinato de Quintanar, aventurarse a salir a la calle. Su protector, Frígilis, decidió seguirla a lo lejos. Ya se sabía que los emperifollados no le hablarían. ¿Qué actitud tomaría el resto del pueblo? Eso lo desconocía Frígilis.

Debió adivinar que Ana se encaminaría a la iglesia. La desdichada todavía ignoraba que allí se encontraba el hombre más ruin de toda Vetusta, el magistral, el ser siniestro que hilvanó los hilos que causaron la muerte de Quintanar. El amigo fiel se quedó a la entrada de la catedral mirando el negocio de simonía que manejaba De Pas junto a su madre. Cuando Ana no salió, Frígilis, por primera vez en mucho tiempo, se aventuró a entrar en la catedral vetustense. Con paso ligero y en penumbras, se adentró avanzando hacia la capilla del magistral. Lo que vio lo dejó petrificado, un bulto tirado sobre el frío mármol. Era un cuerpo en posición fetal y una figura tenebrosa que se alejaba. Al acercarse pudo reconocer a Ana, que parecía más muerta que viva. Frígilis se apresuró a socorrer a su amiga.

Un mes completo le tomó al doctor Benítez sacar a Ana de la locura en la que parecía navegar en la barca de Caronte. Nunca había estado Ana tan cerca de la muerte. Tanto el doctor como Frígilis oyeron los gritos desesperados de la mujer:

—¡No, no, por favor no me mate, señor magistral! Vengo arrepentida buscando el perdón o la penitencia. ¡No me mate, hermano mayor, no me mate! —gritaba sin cesar Ana en una pesadilla que se repitió por seis días.

Un descanso divino en forma de sueño apacible llegó a la séptima jornada. Benítez estaba enterado del pacto de silencio, el ostracismo al que la sociedad vetustense estaba sometiendo a su paciente. Ana, con su fragilidad emocional, no resistiría mucho sin volverse loca. Benítez sugirió que Ana debería alejarse de Vetusta para siempre.

—La ciencia no puede hacer más por la enferma. Esta ciudad lleva masacrando a esta mujer por años. Si no se aleja lo antes posible, aquí la asesinan a cuchillo de palo —sentenció el doctor mirando seriamente a Frígilis.

Esa misma tarde Frígilis se fue en busca de Juan Oliver, el joven criollo americano recién llegado a Vetusta, para plantearle un negocio. El amigo fiel intuía que el recién llegado encontraría favorable la propuesta que rondaba en su mente hacia semanas.

—Vengo a proponerle un trato que le permitirá entrar por todo lo alto a lo más selecto de la sociedad vetustense. —No se le hizo difícil interesar al americano, que llevaba tiempo cortejando a todo personaje de la Encimada que se imaginaba con visos de nobleza.

Frígilis pidió la mayor discreción hasta que el trato se refrendara ante notario público. Fue suficiente presentar la petición diciendo: «La vieja nobleza es recelosa de los nuevos ricos». En realidad, Ana tenía poderosos enemigos y era mejor no alertarlos, porque quién sabía qué tipo de impedimentos pudieran enarbolar para descarrilar la transacción.

No tardó mucho el laborioso Frígilis en cerrar el trato a nombre de Ana Ozores. Fue un regalo, caído de los cielos, encontrar a un americano recién llegado que deseara establecerse en Vetusta. Era más grande su vanidad que sus haberes, que constaban de muchas tierras y poco oro. El caserón de los Ozores con el terreno del parque a cambio de la hacienda La Esperanza y quinientos escudos de oro. Esa cantidad debía ser suficiente para que Ana se sostuviera un par de años, en los que se lograba que la hacienda fuera rentable. Ana, sin fuerzas para luchar, apenas con aliento de vida, aceptó el trato que Frígilis fraguó en su nombre. Logró de su benefactor el compromiso de que lo antes posible se reuniría con ella en la hacienda. Frígilis hizo la promesa de que, en cuanto se completaran todos los trámites y el archivo civil estuviera en orden, partiría a encontrarse con su protegida. El prudente aliado no había descuidado ningún aspecto en su proyecto para salvar a Ana. Los sirvientes Servanda y Anselmo estuvieron de acuerdo en acompañar a la señora en el largo viaje.

Los quince días que ocupó la travesía, apenas interrumpida por una breve escala en las Islas Canarias, Ana los pasó principalmente leyendo en su camarote. En la mañana, Servanda se llevaba la bacineta con las inmundicias cubiertas por un paño, caminaba hasta la popa y las arrojaba al mar. La mancha, oscura o amarillenta, dependiendo de la composición de los excrementos, se deshacía rápidamente en el agua salada. La porquería quedaba atrás.

—Será linda y noble, pero su mierda apesta igual que la mía —pensaba para sus adentros la vieja criada como si hablara con el indolente mar.

Las frutas frescas de los primeros días habían desaparecido del menú al cabo de una semana. Así que Ana se tomaba un té, café con pan o galletas, acompañadas por un pedazo de queso o jamón serrano. Los que dormían en cubierta no veían ni queso ni jamón, si acaso pan y manteca. A eso de las diez salía de su camarote y caminaba hasta la proa. Allí pasaba una buena media hora. Ana no volvió a acercarse a la popa, quizás por un afán de mirar hacia el futuro o espantada por la peste que salía de la letrina ubicada bajo cubierta en la parte posterior de la embarcación. Al cabo de una semana de respirar la brisa salina y de tomar el sol mañanero, su piel había tomado un matiz de tintura de yodo que manifestaba salud. Ana, con la mirada perdida en lontananza, estaba tan bella y resplandecía con una finura tan exquisita que ningún pasajero, hombre o mujer, se aventuraba a acercársele. Uno que otro niño travieso pasaba cerca y los padres le reprendían rápidamente.

—¡Niño, no mortifiques a la señora!

A lo que Ana contestaba:

—Ah, señores, no se preocupen. Dejen al pequeño retozar.

«¡Cuánto diera por tener un hijo saltando, alborotando, alegrando mi vida con sano placer!».

Ana se sentía revivida por la brisa y el sol. Ya comenzaban los malestares comunes de la visita inoportuna de cada mes. La aflicción mantenía viva la ilusión de ser madre, pues a pesar de ya ser considerada una mujer mayor, el doctor Benítez le había indicado que mientras tuviera su sangrado mensual existía la posibilidad de quedar embarazada. Como en el libro de Samuel, esta Ana le pedía a Dios un hijo, pero en este caso para dedicarse al niño y el niño a ella. No se daba cuenta, la pobre mujer, de que su inocente pedido era después de todo egoísmo disfrazado. Cuántas veces, entre asustada y emocionada, pensó en la posibilidad de un embarazo después de una visita nocturna de don Álvaro Mesías. Pero rápidamente apartó de su pensamiento la figura del hombre que resultó ser, además de asesino, un cobarde. Todos los que presenciaron el duelo aseguraban que Quintanar no falló su tiro. Él era un buen hombre que se debatía entre el honor de sus comedias que exigía sangre y el no matarás de los mandamientos cristianos. El otro no, ese era un vanidoso egoísta. «¡Qué grosero podía ser el destino!». Quintanar, cuerpo menudo, alma grande y generosa; Mesías, carcasa de mucho volumen, hueco putrefacto cuya vil alma no rellenaba.

¿Cuál fue su pecado capital? ¿Ser hija de una mujer pobre o quedar huérfana de madre siendo una párvula? ¿Tener un padre despreocupado y haber quedado al cuidado de un aya miserable? Y para sellar su desgracia, en su adolescencia, sus tías solteronas y su guía espiritual la encaminaron a casarse con un hombre que la doblaba en edad. Un buen partido en lo económico que por lo menos no manchaba el alicaído linaje familiar. Pero Ana ahora sabía que su gran perdición no fue entregar su cuerpo a un galán mediocre, sino entregar su alma a un religioso pervertido. Mesías le habló de amor para gozar de sus carnes y satisfacer caprichos. El magistral conquistó su alma con palabras de dulce amor celestial para entonces tratar de conquistar su cuerpo, y al no obtenerlo, usó solapada intriga para vengarse.

¿Podría ella encontrar el amor en el trópico? Tomar un buen mozo, un joven como amante por una noche para intentar quedar preñada. Estas cosas ahora Ana las meditaba sin extorsiones o visiones de los peores infiernos.

De madrugada los paños quedaron manchados de sangre apestosa, ensuciando hasta el edredón que como protección suplementaria había colocado sobre el colchón. Esa mañana le dolían a Ana la barriga, los ovarios y la cabeza. Tenía náuseas y diarrea. Recordó los versículos que hablan de la inmundicia y de los días de separación para la mujer. «¿Será verdad eso del pecado original? Las yeguas, vacas y cabras padecen de los mismos males. ¿Acaso también les dieron de comer frutas prohibidas a sus parejas y por eso sufren, como yo, de hemorragias? ¿Sería diferente la Biblia si la hubiera escrito una mujer o si Dios fuera mujer? Hera, que parió, ¿sangraba todos los meses?». Así especulaba Ana, y luego de tomarse un té de mirto y cubrir su vientre con paños tibios, subía a cubierta a caminar buscando algo de alivio. Anselmo fue quien más disfrutó el viaje pues, aunque no durmió bajo techo en el piso del camarote como Servanda, lo hizo a pata suelta sobre cubierta. Ana le reservó un espacio privilegiado a estribor alejado de la peste de la letrina.

Las palabras de su padre no las había olvidado, más bien estaban como dormidas. Abrir las páginas de los libros prohibidos era como despertar de un sueño. Al subir a cubierta miraba al sol cada mañana y la luz le hacía recordar la alegoría de la caverna que su padre le narraba como si fuera un cuento infantil. Pasaban los días, Ana pensaba en Dios cada vez más como un concepto de lo infinito del tiempo, y no rezaba ni pensaba en comulgar. Era como si el rey sol la hubiera fecundado inyectándole una energía vital que clamaba por salir.

Ese amanecer, Ana despertó desorientada por un tumulto y aplausos que procedían de cubierta, y en seguida llamó a voces:

—Servanda, Anselmo, ¿qué pasa, por qué el bullicio?

—Señora Ana, llegamos. Por fin llegamos, gracias a la Virgen María. Venga para que vea qué lindo se ve todo —le gritó la cocinera, contagiada de la efusividad de los criollos, que no podían contener la emoción al contemplar a la isla amada.

Ana se levantó con buen ánimo, contagiada de la algarabía generalizada. En cuanto subió a cubierta sus ojos se entornaron, como quien trata de mirar a lo lejos, reflejo natural para protegerse de la intensidad del sol tropical. El puerto estaba repleto de pequeños botes de pescadores, y había otros llamados chalanas, que se utilizaban para trasladar a los pasajeros hasta la orilla. En el litoral y un poco más allá se extendían la ciudad de Ponce y muchos cerros. La iglesia era visible, así como una cruz en el cerro conocido como la

Cruceta del Vigía, desde donde se daba la señal cuando arribaba un barco. La bandera izada por el vigía le dejaba saber a la población la procedencia de las embarcaciones, para que los interesados pasaran por el puerto a recoger mercancías o a sus huéspedes. Pellé, que ya llevaba unos días en Ponce, vio la bandera y se fue al puerto ansioso de conocer a la dueña de la hacienda. Su antiguo señor le había informado por carta de la venta de La Esperanza a una señora. El cura del pueblo de Utuado le hizo el favor de leerle la epístola, pues Pellé no sabía leer ni escribir.

Lo que más impresionó a Ana fue el verde intenso de la isla y el cielo azul inmaculado. Puerto Rico era como un broche gigante esmeralda engalanado con topacios. Las chalanas se tardaban, y un grupo de jóvenes que no pudo esperar se lanzó al mar para nadar poco menos de mil brazadas hasta la orilla. Ana ojeó con envidia las espaldas relucientes de los jóvenes llenos de vida que nadaban despreocupadamente. Miraba hacia lontananza, a las montañas sumidas en la bruma. Las adivinaba verdes, pero en la distancia las veía azulinas. El calor del sol, el resplandor en sus ojos y la algarabía del público terminaron contagiando a la hacendada, que, de buena gana, se hubiera lanzado a las refrescantes aguas caribeñas. Con sano deseo observaba a la chiquillada dando brazadas, y ver largas cabelleras en el grupo la reconfortó. Los chicos quizás no tenían mucho más que la ropa que llevaban puesta. Ella había ocupado una buena parte del vapor con su equipaje, y desembarcar todo eso iba a tomar mucho tiempo. Un sentimiento parecido al que los conquistadores experimentaron al ver tierra, luego de su largo viaje, fue creciendo en Ana. Las aventuras y conquistas que ella buscaba eran personales. Ana quería extraer oro de sus entrañas, ser dueña de sus pensamientos, conquistarlos, y por extensión, imperar sobre su cuerpo también. Estar ocupada, ser buena y sentirse sana era su meta, sin la extorsión de infiernos o castigos. Al apoyar su mano en la barandilla de borda, se percató de que el sol había borrado la marca del anillo. Eso la terminó de convencer, era otra y miró hacia las montañas donde estaba su futuro.

Capítulo II. Que trata de cómo Ana parte de Ponce hacia su hacienda y del esclavo que compró de camino

En Ponce, a la hora en que no hay sombras, el calor agobia. Los lugareños consumen sus almuerzos, inmunes al sofocón. Los anchos muros y techos elevados ayudan a mantener una temperatura más agradable en los hogares de los adinerados, pero en las calles empedradas no hay forma de escapar del fastidio. Pellé, acostumbrado a la placentera temperatura de la montaña, iba de mal humor hasta que la mujer más hermosa de la creación, sonriéndole, le extendió la mano y le dijo:

—¿Pellé? Es usted. ¿Verdad? Soy Ana. Qué gusto verle.

Pedro Quevedo vio pasar, en menos de un segundo, todo lo bello que recordaba tanto en su consciente como en su subconsciente, y nada se le comparaba a la mujer que le sonreía. Ni la palma real en el cerro, ni los altos tabonucos, y ni el juguetón San Pedrito[3] con sus rojos, verdes y amarillos, le servían de parangón. Y haciendo una leve inclinación, tomó en su curtida garra la delicada mano que le tendían, como si se tratara del huevecito de un picaflor. Sintió como si tuviera una blanca y esponjosa nube entre sus manos. Y es muy posible que lo último fuera cierto porque, en el corto instante en que se inclinó y sostuvo la sedosa mano en la suya mientras lacónicamente decía «a sus órdenes, señora», las manos se le bañaron de una fría humedad que recorrió todo su cuerpo.

Eso bastó para que ese jíbaro sin instrucción recitara mil décimas en su ensoñación:

Le sirvo a esta dama, Ana,
de corazón de a buena gana.
Brinco de alegría cual rana.
Machete en mano la mañana
sorprende la callada hacienda
cuidarla como si fuera ella
la misma señora, doña Ana
ilusión única, *mi vida,*
servirle a la doña, la Ana.

Pellé nunca le había sacado el cuerpo al trabajo, era algo que hacía porque tenía que alimentar a sus catorce hijos con tres mujeres. Ahora tenía la ilusión de, temprano en la mañana, beber una segunda taza de café puya[4] y recibir instrucciones directamente de la mujer con el cielo en los ojos, para luego salir a fustigar a los peones con cuyo sudor y sangre, si

3 San Pedrito, ave autóctona de Puerto Rico. Su nombre científico es *Todus mexicanus*.

4 Puya: café negro y sin azúcar.

fuera necesario, poder ofrendarle quintales de rojo café a su ama y señora.

Al grito «don, *ahónde* ponemos *eto*» de los estibadores, Pellé despertó de sus ensoñaciones. Las dos carretas que había traído para llevar la mudanza no fueron suficientes para todo el equipaje, por lo que fue necesario alquilar otra. Entre dos hombres apenas podían con las pesadas cajas. La última docena de embalajes las dejaron en el suelo, pues el carruaje adicional no estaba disponible todavía. Ana quedó impresionadísima al ver cómo Pellé, que era un hombre de poca altura, levantaba por sí solo las cajas y las acomodaba en la carreta sin ningún esfuerzo aparente. Entonces Ana apreció que, aunque de baja estatura, el cuello, muñecas y espaldas de Pellé eran más anchas que las de cualquier hombre.

Pellé nació y se crio en la hacienda La Esperanza. Nunca le faltó alimento y a los dieciséis años ya podía cargar un fardo de doscientas libras. Corría el rumor de que era otro de los muchos bastardos del viejo patriarca Oliver, pero, a diferencia de los otros, de este al menos se ocupó que tuviera algo que comer. Antes de morir, el viejo le hizo prometer a su primogénito que se ocuparía del joven. Lo cierto es que Juan Oliver nombró a Pellé capataz al poco tiempo de hacerse cargo de la hacienda.

En cuanto el último embalaje estuvo acomodado, Pellé dio instrucciones para que las pesadas y lentas carretas continuaran el viaje hacia la hacienda. Él aprovechó para llevar a la señora al centro del pueblo, pues el hotel El Francés donde ella pernoctaría quedaba cerca. Hermosas casas diseñadas por arquitectos europeos o por criollos que habían estudiado en el Viejo Mundo ocupaban los alrededores de la plaza. La iglesia todavía no era catedral, pero sobrepasaba a todos los edificios en altura, abrogándose cierta dignidad. Aunque había un determinado aire de abolengo señorial, la urbe, como todo lo europeo en el Nuevo Mundo, era incipiente. Los caficultores acaudalados de la ciudad señorial tenían sus haciendas en las mismas montañas donde se ubicaba La Esperanza, pero sus residencias principales estaban en el pueblo. Ponce tenía una vida cultural que no le envidiaba nada a Madrid: casino, ópera, cantantes famosos, pintores y hasta un gabinete de lectura. En esos momentos la plaza estaba adornada por frondosos árboles. En las próximas décadas la engalanarían con un hermoso quiosco que incluía arabescos y un parque de bombas, orgullo en siglos venideros.

Ya estaban listos para que Ana pasara al hotel, el más lujoso de la ciudad, cuando una luz cegadora los iluminó. Un pseudoperiodista, acompañado de un fotógrafo, se acercaba sonriendo con ese gesto hipócrita que Ana aprendió a distinguir tras tantos años viviendo entre puros fariseos.

—Buenos días. Dichosos los ojos que contemplan a tan hermosa dama. Permítame darle la más cordial bienvenida a Ponce en nombre de La Gaceta del Sur.

Ana, visiblemente contrariada, deseaba salir corriendo antes de que la convirtiesen nuevamente en objeto de admiración. Esa era la senda que, por experiencia y en carne propia, sabía que desembocaba en escarnio público.

—Por favor no se acerque. Yo solo quiero descansar del largo viaje. Pellé, vámonos directo a la hacienda. Ahora mismo.

El impertinente periodista continuó avanzando hacia Ana, decidido a conseguir información para que una nota acompañara la foto recién capturada. Se imaginaba su nombre en la portada de un periódico importante, ¡su primera portada! Pellé, en su cándido enamoramiento, recibió el pedido de Ana en imperativo, como si fuera una declaración de guerra.

—¡Que no se acerque! —gruñó Pellé mientras se plantaba frente al periodista, decidido a no dejarle arrimar.

El fastidioso, como si hubiera chocado con una muralla de las que rodean la capital, se detuvo involuntariamente al sentir de golpe la mano del capataz sobre su pecho.

—Mire, *pai*, la doña ya le dijo que la deje en *paj* —masculló Pellé, con la mano libre sobre el cabo del machete.

Solo entonces el fastidioso cazador de chismes entendió que no le sería posible acercarse a la dama. Ese rostro sudado de bestia que pretendía juntársele le hizo recordar a Ana la viscosidad que, en el momento más lúgubre de su vida, sintió sobre sus labios en la oscura catedral de Vetusta. Invadida de repente por un asco que le dejó un mal sabor en la boca, se aferró al brazo de Pellé para no caer.

—Maldito jíbaro bruto —se lamentó Carlitos entre dientes por la oportunidad perdida de acercarse a oler a la hembra, quizás estrujarle aunque fuese una mano.

En su afán de conocer más sobre la misteriosa dama, se fue al puerto con la lujuria encendida para ver qué podía averiguar. Una foto al capitán del vapor y la promesa de un artículo sobre sus proezas en la mar le abrieron al avispado chismoso las puertas a la información que ansiaba. Aquello que no encontró en el registro marino del barco, sin ningún pudor, se lo inventó:

«Carlitos informa:

En la madrugada de ayer nuestro puerto se iluminó con una luz distinta a la que brilla todos los días. Doña Ana Ozores Montalcini, viuda de Quintanar, conversó con este, su humilde servidor. Tanto damas como caballeros, y hasta el populacho presente, se aventuraron a proclamar a doña Ana la mujer más bella que haya pisado las calles de la ciudad señorial. Y que conste que la noble señora ya sobrepasa las tres décadas. El suscribiente no expresa juicio sobre la belleza de la ilustre dama, pero les facilita su foto para que ustedes juzguen por sí mismos. La voz de Ponce le da la bienvenida a doña Ana, quien nos ha prometido el primer baile en la próxima actividad en nuestra bella ciudad. Ya les contaré...».

La foto que acompañaba la nota periodística mostraba a Ana sonriendo en todo su esplendor, y a Pellé, a su lado, con cara de embelesado. La belleza de la mujer irradiaba un aire místico, opacando la torre de la futura catedral a sus espaldas. Para su fortuna, Ana nunca vio el folletín. Esa columna se leyó en voz alta al día siguiente de la llegada de Ana en el café más concurrido de la ciudad. El licenciado Buré declamó la nota, con su ya conocido tono burlón, a todos los presentes, que ya conocían de las exageraciones del chismoso y de la animosidad que le tenía Buré.

—Apuesto a que Carlitos, en el próximo número de cualquier gacetilla, nos informa que acaba de recordar que el año pasado zapateó con la susodicha dama en el baile de despedida de año —comentó el licenciado, arrancando risas a los presentes.

Y fue más de uno el que se expresó acerca de la belleza de la condenada mujer y sobre las groserías que harían con una yegua de tan buena estampa.

Y precisamente el más viejo del grupo añadió:

—Bah, esa es una yegua vieja y hasta machorra. Apuesto a que no tiene las posaderas de nuestras criollas.

—Ah, de seguro tiene en qué sentarse —comentó otro de los presentes, aludiendo al culo que le imaginaba a la mujer.

Por suerte Ana nunca se enteró de que había vuelto a ser centro de atención de los comentarios mal hirientes en otra ciudad, la primera que pisaba en las Américas.

De camino a la hacienda, la calesa manejada por Pellé se emparejó pronto con las lentas carretas, a las que Ana apodó la Niña, la Pinta y la Santa. El sofocante calor de Ponce, con sus calles empedradas, dio paso a un trillo en tierra. A ambos lados del camino se extendía un manto de varillas verdes que Pellé identificó para Ana como caña de azúcar. Por un buen rato avanzaron sin otra vista que los espigados juncos a lado y lado, pues estos sobrepasaban la altura de dos hombres. Ana controló con prudencia la ansiedad que le causaba la sensación de estar en un túnel interminable con barrotes, una prisión sin cielo raso, pero avasalladora. La percepción de calor era acentuada por la humedad que producía la vegetación en medio del oscuro camino que atravesaban. Así continuaron por varias leguas hasta que el lado izquierdo del campo se mostró desolado.

—Pero ¿qué pasó aquí? —preguntó Ana.

—*E* que *pa'* hacer *ma'* fácil la tala le pegan candela al cañaveral.

Olía a humo y la brisa cargaba cenizas de un fuego reciente. A lo lejos se veía a un numeroso grupo de hombres que, machete en mano, avanzaban cortando cañas ennegrecidas, pero libres de la irritante pelusa de las hojas. Debido al humo y a las cenizas que lo manchaban todo, Ana tardó un rato en darse cuenta de que los hombres que trabajaban bajo el inclemente sol eran todos negros. Esclavos que, con sudor amargo, el azote del sol y el inclemente látigo, endulzaban los cafés del Viejo Mundo.

Adelante quedaba el galpón de los esclavos, y frente a este, un hombre amarrado entre dos postes con la intención de dar un inequívoco espectáculo. Ejemplo burdo de macabra persuasión. Esa era la imagen que se llevaban los aprisionados antes de caer exhaustos luego de un largo día de trabajo. La ruta los acercó a la estructura, por lo que Ana pudo notar que era un negro al que habían azotado. La espalda del penitente estaba en carne viva. El desdichado hombre se mantenía de pie solo porque los amarres lo sostenían.

—Deténgase —gimió Ana enérgicamente mientras saltaba de la calesa todavía en movimiento.

Corrió Ana a socorrer al infeliz dándole a beber de la garrafa de agua que llevaba consigo. «¿No es acaso este Jesús el Nazareno, clavado alto en la cruz, implorando por un sorbo de agua?». Era tal la debilidad del pobre que la hacendada tuvo que sostener la cabeza del desamparado para hacerle tragar un poco del líquido.

En eso llegó a galope el mayoral del cañaveral.

—¿Qué sucede aquí? —gritó en el tono más violento que se pudiera imaginar.

Ana volteó a mirar dejando desconcertado al hombre, quien vio que una hermosa y elegante dama sostenía el rostro de un negro sangriento en sus manos.

—Le compro este esclavo y le pago en oro —dijo Ana sacando una moneda.

—Necesitamos un peón fuerte *pa'* cargar sacos de café —añadió Pellé mientras miraba a Ana, dándole a entender que le seguiría el juego.

El mayoral calculó rápidamente que cualquier cosa que le dieran por el negro sería ganancia. Para que el infeliz se recuperara y pudiera volver al trabajo productivo, necesitaría cuidados intensivos, y lo más probable es que moriría antes. Quizás se le fue la mano en los azotes, y si estiraba la pata tendría que dar cuentas al patrón. Además, ese negro ya había intentado escapar varias veces, así que con la venta salía definitivamente de un problema.

—Yo se lo vendo a su merced, cómo no, pero no me hago responsable si se muere o si se escapa —dijo el mayoral, ahora con un tinte en la voz que hasta tierno sonaba.

Pellé cortó con su machete las sogas que sostenían al esclavo atado a los espeques, y tuvo que agarrarlo, porque el pobre no podía sostenerse en pie. Lo cargó hasta una de las carretas y los peones ayudaron a acomodarlo. Ana pidió que le bajaran un enorme baúl del que sacó unos ungüentos que ella misma, con la ayuda de Servanda, le aplicó al enfermo, un hombre joven y de considerable tamaño.

Caía la tarde y los esclavos en los galpones cantaban. *Ta, ta, ta, pla, pla pla, pla, bum, bum, bum*, sonaban plenas y tambores. Las cadenas, con su *clan, clan, clan*, parecían unirse al vano alivio que cantar les proporcionaba a los desdichados.

Plena pa' el dotorcito
Alacán en la cólera
A los negros atendió
Al español guasábara.

Plena, Plena eh eh eh
Alacán es libertador
El amo lo persigue
Somos negros y mulatos
Al doctor decimos sigue.

Plena, Plena, he, he, he.

El amo pregunta, no sé
Responden to los negritos
Alacán zarpa por playa

no tenemos forasteros
El amo no podrá jayar
doctor Alacán en Ponce
el negro se hace tonto
al doctor nadie conoce

Plena, Plena he, he, he
Santo Domingo al doctor
su mangú sirve en ditas
pobres muy agradecidos
Alacán manos benditas.

—Ay, doña Ana, usted debe de estar muerta del *jambre*. Nosotros *podemo adelantalno*. Al paso de las carretas llegamos a la casa *pa' la' jocho* y pico.

—No. Seguiremos al paso. Quiero estar al pendiente del pobre hombre que va tirado en la carreta.

Ana demostró un desenvolvimiento y un temple que nunca había exhibido ante el cruel espectáculo de un cuerpo humano parcialmente descuartizado. Es que, de manera misteriosa, el cambio de aires ya había forjado una transformación en una mujer que hasta hace poco vivía sin voluntad propia. Ana era consciente de que sus penurias no tenían parangón con las del hombre que había comprado como si fuera una cuarta de carne en el mercado. Lo que estaba plenamente claro era que los verdugos de su esclavo y los que la atormentaron a ella se autoproclamaban cristianos. Planeaba cuidar del herido, y tan pronto mejorara su salud le revelaría que era hombre libre.

—Doña Ana, ya casi llegamos —Pellé interrumpió las cavilaciones en que andaba sumida la mujer—. En aquellos cerros comienza La Esperanza.

Ana miró hacia unos farallones que estaban a su derecha. ¡Su Esperanza! El trillo se hizo todavía más estrecho. La luna bañaba los picachos y una algarabía de cantos los acompañaba. Pero había un sonido que sobresalía sobre los demás: *co-quí, co-quí, co-quí.*

—¿Qué es eso que se escucha?

—¡Ah! Eso son los coquíes, unas ranitas que *jinchan* el pecho *pa'* cantar. Se la pasan así *toa'* la noche.

—Nunca había escuchado ese canto, *co-quí, co-quí, co-quí* —repetía Ana sonriendo y marcando el ritmo como si conjurara una sinfonía.

Pellé detuvo el carricoche señalando a la derecha una ribera con una casa blanca iluminada por varios faroles, un enorme ranchón a la derecha y montañas a sus espaldas. La brisa cargaba un dulce aroma y la temperatura era agradable.

—¡La Esperanza! —exclamó Pellé, contento de tener la hacienda a la vista luego del largo viaje.

—Mi esperanza… —suspiró la recién llegada.

Ana quedó extasiada con la paz que se respiraba en medio de la serenata nocturna de toda clase de bichos, algunos de los cuales hasta alumbraban como las luciérnagas. Pellé atrapó uno de los insectos y se lo colocó en la mano a Ana diciendo:

—Un cocuyo.

La mujer tomó el pequeño insecto en su mano, percatándose de que la luz emanaba de la cabeza y del abdomen.

—¡Qué lindo! —dijo la mujer mientras elevaba su brazo, dejando que el insecto alzara vuelo y se uniera a otras luminarias voladoras.

Cruzaron un puente que apenas se elevaba sobre el riachuelo y se detuvieron ante una gran explanada que quedaba frente a la casa de la hacienda.

—¡Llegamos! —exclamó Pellé ayudando a su patrona a bajar de la calesa y anunciándola como doña Ana, la patrona.

Ana estaba realmente exhausta y deseaba acostarse luego de un largo día, pero el hambre la traía atormentada.

—¿Habrá algo liviano de comer?

Las muchachas asintieron y se fueron a la cocina. Al poco rato, Ana tenía una taza de café ante sí. Pellé se excusó y fue a encargarse del equipaje. Por lo tarde que era, solo se bajó lo que Servanda indicó que era indispensable. Ana llamó a Servanda y a Anselmo para presentarlos a las jóvenes que servían en la casa y para que aprovecharan y comieran algo.

Por último, Ana le pidió a su capataz que velara por el herido. Pellé decidió que lo mejor era no molestar al pobre que dormía profundamente. La carreta con el herido se colocó en la parte trasera de la casa, donde la altura permitía que esta entrara a una especie de semisótano sin necesidad de mover al herido. Como la noche estaba fría, arropó al joven, y al ver que seguía dormido lo dejó en paz.

Al adolescente le tomó dos semanas recuperarse satisfactoriamente de las heridas, pero las marcas en sus espaldas le acompañarían toda la vida. Al ponerse en pie, se pudo comprobar que el mozo, que se llamaba Salambó, era el hombre más alto que había en la hacienda y sus alrededores. El joven no recordaba cómo había llegado hasta la hacienda La Esperanza, por lo que Pellé le contó cómo la patrona lo había comprado en un cañaveral en Ponce. En eso llegó Ana, que le había llevado alimentos al joven todos los días, y se contentó al verlo restablecido.

—Doña Ana, el enfermo ya está sano. Su nombre es Salambó —dijo Pellé señalando al joven.

—Ama, a sus órdenes —declaró el adolescente poniéndose de rodillas.

El joven, posiblemente en su inocencia y pobre vocabulario, no se arrodillaba ante una mujer blanca sino ante Mawu, diosa suprema de la creación africana. La imagen que recordaba Salambó antes de desfallecer era la de la diosa de ojos azules rescatándolo de sus opresores para llevarlo a Ganvién, el paraíso africano.

Ana, ruborizándose, se inclinó ante el joven y, tomándolo de la mano, lo alentó a ponerse en pie.

—En esta hacienda no hay esclavos. Eres hombre libre. Si gustas, te puedes quedar con nosotros y tendrás trabajo. A mí me puedes decir doña Ana, o patrona. Nunca ama, pero sí Ana.

—Gracias, *oña* Ana. Yo me quedo a trabajar con usted y con mi trabajo le devuelvo lo que usted pagó por mí. —Aunque no lo expresó, Salambó se quedaba para servir a la diosa que lo había salvado.

—Salambó, me alegra que te quedes con nosotros. Pellé se encargará de darte tareas y te explicará cuál será tu paga. Eres libre, no tienes ninguna deuda. Solo te pido que entregues lo mejor en las labores que se te asignen. Puedes instalarte aquí en el sótano, aunque con lo alto que eres no sé si es lo más conveniente.

El casi niño quedó convencido de que la gran diosa lo mismo se había encarnado o le había enviado a una mujer a protegerlo, que era lo mismo para sus rústicas nociones religiosas. Cuidar y servir al único ser que lo trató con lo más cercano a amor de madre que había experimentado sería su única misión en esta vida.

Capítulo III. Que trata del regocijo de Ana en el campo y de cómo las aguas la indisponen

Qui docet, discit.[5]

Los días eran una sucesión de luz opacada por nubarrones que se deshacían sobre el manto verde que lo ocupaba todo hasta escurrirse por los montes. En lo más denso de la floresta, una buena cantidad del líquido terminaba atrapado en una espesa capa de hojas, asegurando la permanente humedad del subsuelo. Ana se preguntaba de dónde salían esas hojas secas, pues todo alrededor siempre se veía verde. Es tanta el agua que cae que termina fluyendo a ríos y quebradas, desbordándolos con regularidad. Ya no tenía que esperar las dos campanadas del viejo reloj para saber que eran las dos de la tarde. Los aguaceros vespertinos rivalizaban con la puntualidad del sol cada mañana. Era verdad que la intensa lluvia le pareció amenazante los primeros días, pero no tardó en acostumbrarse al

5 Proverbio en latín. «Quien enseña aprende», Séneca.

tempo que dictaba el clima. Los obreros comenzaban su faena bien temprano y a eso de la una de la tarde ya iban camino a sus chozas. El cielo empezaba a enmarañarse, una brisa fresca aparecía de repente. Los árboles de yagrumo se convertían en gigantes de espaldas plateadas al contacto con el viento. La brisa, antesala de los chaparrones, hacía temblar toda la montaña. La ropa que se secaba al sol era recogida por las muchachas que ayudaban a Servanda en las tareas de la casa. Pellé se apresuraba a cubrir el café que se secaba en el glácil,[6] aunque la lluvia, convenientemente, era menos frecuente en la época del secado. El que quisiera cruzar el río tenía que hacerlo dentro del primer cuarto de hora a partir de los primeros chubascos. La crecida frecuentemente impedía el paso por horas.

El ruido de la lluvia golpeando sobre el techo de metal le parecía a Ana miles de ardillas en una carrera desenfrenada. No pasaban quince minutos del porrazo de la primera gota de agua cuando un olor particular emanaba de la tierra y el aire de la casa se inundaba de un rico olor a café, delatando las actividades de Servanda en la cocina. Primero avivaba el fogón poniéndole leña y abanicando el fuego, con cuidado de no esparcir las cenizas, para luego poner la olla con agua a hervir. Dejaba el colador descansar sobre la base de ausubo hasta que la última gota se escurriera, esparciéndose un grato olor por toda la vivienda. La bandeja con el líquido negro llegaba a Ana acompañada con clavos, canela y anís. Ella

6 El glácil es un espacio abierto y pavimentado, de tamaño considerable, construido de cal, piedra, tierra y ladrillo, que se utilizaba para secar café al sol. Se preparaba en hornos en la misma hacienda o haciendas cercanas. Poseía una leve inclinación con un muro perimetral para el desagüe. El glácil también se percibe como una plaza de la pequeña comunidad. Por su tamaño y localización, se utilizaba como lugar de reunión y actividades.

cambiaba la combinación de las especies según se le antojara. El azúcar nunca la tocaba, pues el recuerdo de Salambó casi muerto en el cañaveral se la hacía amarga.

Una de las particularidades de estos campos olvidados por la iglesia es la familiaridad con que todos se tratan. A la hora del café de la tarde, Pellé se sentaba en el balcón con techo que protegía la casa del sol de la tarde con su forma de ele. Allí, entre tazas de café, a veces de cacao y las menos de té, discutían los pormenores del día y planificaban la próxima jornada. Ana se había insertado desde el primer día en la administración de la estancia y ya conocía todos los pormenores. Lo único que le faltaba era tomar un azadón para sembrar café, el machete para desyerbarlo y una canasta para recogerlo. Ya había venteado café para liberarlo de la pajilla y en la cocina había tostado granos en el caldero.

El mejor ejemplo de la informalidad de la vida en el campo fue el domingo que Ana se topó con un hombre descalzo, con camisa blanca y pantalón negro, jugando a la pelota con la muchachada. De no ser por la banda blanca alrededor del cuello, jamás hubiera adivinado que era un cura. Hasta una maldición se le escapó, lo que hizo que los niños se echaran a reír. Su acto de constricción fue más una burla que una penitencia, lo que arrancó nuevas risas. Ana decidió no interrumpir el partido, que se prolongó por lo menos media hora más. Al final, los jugadores, entre los cuales se incluían niñas, se estrecharon las manos, y el padre dio un sermón que apenas duró quince minutos. Así conoció Ana al padre Gonzalo. El único religioso católico que se lanzaba a los montes a evangelizar, pero con métodos poco ortodoxos.

Por fin Ana se sintió preparada para enviar una larga carta a su amigo Frígilis en vez de las escuetas notas donde le decía que estaba bien y que todo marchaba sobre ruedas.

5 de marzo
Tomás Crespo,
Frígilis, mi querido amigo, el padre que me ha salvado la vida cuando todos me abandonaron. Mi ángel de la guarda que nunca pidió nada a cambio. La piedra que con callado ejemplo sostiene el templo de mi creencia en una fuerza superior y la certeza de que existe la bondad en este mundo.

Las nubes aquí llegan de cualquier parte, se derraman tórridamente, y el cafetal las devuelve en neblina y fragancias perfumadas que se me antojan afrancesadas. Cuando llueve, a veces por más de dos horas, el río Viví crece y me hace prisionera de la casa por horas. Pero no te angusties, que no es nada como los inviernos de la vieja ciudad. La casa, no tan grande como el caserón de los Ozores, tiene puertas y ventanas por todos los flancos que, al abrirse, dejan que el verde se cuele por todos lados. Es cierto que llueve con frecuencia y que los cielos se obscurecen, pero es como la siesta. Luego de un aguacero, el día se despereza luminoso y se ven las plantas danzando.

Entran de día o de noche una serie de bichos raros. Sin mosquitero y una cama bien elevada no podría dormir. Todas las noches en mi ventana canta una ranita que repiquetea coquí, coquí, coquí. *Están en todas partes y cantan hasta el amanecer.*

Las maderas, allá escasas y caras, acá abundan. Te envío, además de unos embutidos, semillas del café, cacao y algunos listones, para que veas las bellas tonalidades de las maderas de este país. Pero la joya es una talla de los Tres Santos Reyes, epifanía aquí celebrada con mucha alegría. Esa te espera acá, en tu habitación. No tengo palabras para describir tanta belleza. Tómalo suave con los chorizos y la sobreasada, no quiero que la gota te importune. Los embutidos están sazonados con una hoja que las mujeres llaman culantro, que hace de cualquier agua desabrida un manjar.

Perdona que salte de tema a tema, pero es que tengo tanto que contarte de este mundo lleno de maravillas. Los encierros, días oscuros de lluvia, no son lo lúgubres que te imaginas. Anselmo aprovecha los largos encierros para tostar varias libras de café y la casa se llena de una energía que se desborda. He aprendido a tomarme el café humeante por caliente y puya, como dicen acá. Deberías verme luego de dos tazas de ese líquido negro y medio amargo, una párvula saltando en el parque no podría seguir mi trote. Los brincos de las cabras de Sileno te parecerían poca cosa. Uno de mis pasatiempos favoritos es jugar al dios Cronos, tostando café para extraer diferentes sabores y aromas de los granos. Te incluyo muestras de varios tuestes para que los pruebes. Dime cuál es tu favorito y en la próxima te envío una buena cantidad de granos tostados a tu gusto. Pero, qué digo, si te quiero aquí pronto, donde sé que serás feliz. Prepárate para que la casa huela a café por varios días. Sabe Dios si terminas aclimatando el café a la gris Vetusta, como hiciste con los eucaliptos. Si pudiera atrapar un poquito del sol tropical, te lo enviaría para que te caliente este invierno.

Desde mi balcón y adonde quiera que mire, hay un mar verde intenso que hace palidecer al más plácido olivar. Los cafetos florecidos parecen novias caminando hacia el altar. Me recuerdan las inflorescencias del alelí. La brisa fresca carga la delicada fragancia de los árboles de *café, que contrasta tanto con el sabor intenso de la bebida que preparamos de su grano tostado. Hacia las cumbres de las montañas, donde los hombres todavía no han desmontado, la brisa mece unos árboles que llaman yagrumos, que al voltear sus hojas muestran su dorso plateado. Se me antoja que son niños jugando a dar señas en un lenguaje secreto de esmeraldas y plata. Soy dueña de una montaña plateada que se deshace al capricho de la brisa. En la hacienda tenemos cien braseros, veinticinco más que cuando llegué, y no dan abasto. El trabajo nunca se acaba: después de uno de los frecuentes aguaceros, las hierbas crecen diez veces más rápido que cualquier cosa que se plante con buenas intenciones. Quizás no lo creas, pero hay unos helechos que de un día para otro crecen hasta doce pulgadas y cubren todo a su alrededor en pocos días. Para eliminarlos, hay que extraer sus raíces, que son muy profundas. Luego de un fuego, son lo primero que retoña en la tierra desnuda.*

Los criollos tienen a nuestra España como la madre patria, mas ya se identifican a sí mismos como puertorriqueños. Le tienen un amor a este terruño difícil de explicar. Son vivarachos, ríen y cantan como niños. Y es que, quizás, eso mismo son: un pueblo en su infancia. Han modificado la guitarra, tan española, añadiéndole cuerdas para acompañar a sus trovadores, que improvisan décimas con una facilidad que no deja de maravillarme. La mayoría de esos cantores son analfabetas, realmente no puedo imaginar cómo hacen para improvisar siguiendo cualquier pie forzado. Tienen el instrumento vegetal que parece un pepinillo inflado. Es parecido a un rallador y suena tiqui ti, tiqui ti, tiqui ti, ti. *Y los caballos son pequeños, como si los hubieran cortado para andar por las angostas sendas serpenteantes de las montañas.*

No he visto yo, ni entre los caballos andaluces, ninguno que mueva las patas con la velocidad y la gracia con que lo hacen los caballos de paso fino de Puerto Rico. Para mi sorpresa, la hacienda que compraste para mí incluyó el mejor caballo de la comarca, el Soberano del Viví. Luego te cuento de mi experiencia en la monta de tan singulares bestias. Acá abundan las amazonas.

Sé lo difícil que es arrancarte de tus plantas y árboles, mas no pierdo la esperanza de que decidas cumplir tu promesa y que te embarques pronto. Que Dios te proteja siempre, mi querido amigo, padre del alma. Estoy viva y en estos momentos llena, casi completa, feliz, gracias a ti. Escríbeme y cuéntame qué te parecen las especies y frutos de esta isla que me ha devuelto la enjundia de vivir. Dime cuándo se acaba la espera.

Respetuosamente,

Anita

PS: Soy la maestra de una escuelita que mandé a construir en la hacienda. Sería estupendo si pudieras enseñar algunas clases.

Ana salió al balcón a llamar a Salambó para que llevara la carta al correo del pueblo. Atraída por una algarabía, cosa rara en las mañanas de La Esperanza, se asomó al área del glácil. Los hombres estaban celebrando que se almacenó la última talega de café y la cosecha estaba lista para el embarque. Se divertían haciendo apuestas sobre quién podía cargar más peso. La competencia comenzó muy animada, con casi quince participantes que tenían que cargar en sus espaldas los sacos por diez yardas. La primera ronda no se le hizo difícil a ninguno de los participantes. Un saco de café listo para embarcarse con ciento treinta y dos libras de peso no era gran cosa para hombres acostumbrados al trabajo físico. La segunda ronda vio a los participantes reducirse a tan solo tres: Pellé, su hijo mayor y Salambó. La tercera vuelta estaba por iniciarse y al hijo de Pellé le fallaron las piernas, por lo que el ganador estaba entre Pellé y Salambó, los preferidos de Ana. Cuando ya estaban listos para la salida, Ana, enérgicamente, los llamó:

—Pellé, Salambó. Vengan acá.

Al llamado de la patrona, ambos hombres dejaron caer los pesados sacos que ya estaban sobre sus espaldas. El nutrido número de peones y chiquillos cuchichearon por lo bajo y el más atrevido gritó:

—Se nos acabó la fiesta.

Los dos hombres, sudados y con las piernas un tanto entumecidas, se acercaron al balcón de la casa desde donde los observaba Ana con un cariño serio, semejante al de una madre.

—Mande usted, patrona —dijo Pellé con el sombrero en la mano, gesto que Salambó imitó, pero con la mirada baja.

—Salambó, muchacho, levanta la vista. Les quiero hablar a los dos. Ustedes son, de todos los empleados de la hacienda, los que más aprecio. A los burros de carga más fuertes no los hacemos cargar más de cinco sacos de café; a los más viejos, solo tres, porque no los queremos reventar. Y ustedes, como si fueran dos chiquillos, le sirven de espectáculo a los demás a costa de su salud. ¿Si se les revienta la espalda o si se les parte una pierna, cómo van a trabajar? Pellé, cuando a una de las bestias de carga se le quiebra una pata en el monte, ¿qué se hace?

—¡Ay, mi doña!, la sacrificamos.

—¿Entonces qué se supone que haga con ustedes si se lastiman dándole un espectáculo a la peonada? No sean machos brutos y guarden su fuerza y salud para algo útil. El toro, por más grande y fuerte que sea, nunca gana la lid.

Ambos hombres se dieron cuenta de que la patrona tenía razón. Ellos se hubieran reventado cargando sacos, como no los cargaban las bestias, a cambio de nada. La hacendada buscaba proteger la salud de sus colaboradores más cercanos y la dignidad de su capataz. Sabía que Pellé, que sobrepasaba los cincuenta años, difícilmente le ganaría al gigante gentil. Salambó había crecido varias pulgadas más, y con la gran cantidad de comida que consumía junto al trabajo en el almacén parecía un mastodonte.

Ana había depositado en el joven negro todo su amor de madre frustrada. Según la costumbre de su tribu, Salambó solo sabía que había nacido un domingo; ignoraba el resto, incluido mes y año. Su madre murió en el parto, caso muy parecido al de Ana, pero con un agravante: en la tribu los niños cuyas madres morían en el parto eran considerados malditos y eran sacrificados. Su padre, en vez de matarlo, lo vendió como esclavo, rogando que alguna deidad lo protegiera. Y para el joven, Ana era la diosa que contestó las plegarias de su padre. Ana había acordado con el joven que le darían como fecha de nacimiento el domingo de Resurrección, 24 de marzo del 1856, presumiendo que el joven cumpliría diecisiete años, la misma edad con que la casaron con Quintanar. Ana organizó el primer cumpleaños del joven. De regalo Ana le entregó una elegante pieza de vestir con calzado incluido y un libro grueso con un caballero esquelético en la portada.

—Gracias, *oña* Ana —dijo el agradecido joven, que no salía de su asombro ante el trato recibido, maravillado ante su primer par de zapatos.

—De hoy en adelante soy madrina. Tu eres mi ahijado, que es lo mismo que si fueras mi hijo. Y eso es hasta que Dios me mande a buscar.

El padre Gonzalo bautizó al joven. Ana quería que Salambó ocupara una habitación en la hacienda, pero el joven, que ya tenía ciertos intereses propios de su edad, prefirió quedarse en el sótano. En lo que Ana fue firme, y no cedió, fue en que el ahijado desayunara y cenara en la casa grande. Ana asumió muy en serio el papel de madrina y se convirtió en una madre para el joven. Se volvió costumbre que después de la cena se leyera en voz alta del libro que le habían regalado a Salambó. La primera vez Ana abrió el libro y leyó marcando con el dedo para que Salambó pudiera seguir la lectura: «En un lugar de la Mancha, de cuyo nombre no quiero acordarme, no ha mucho tiempo que vivía un hidalgo de los de lanza en astillero, adarga antigua, rocín flaco y galgo corredor».

A los pocos días de llegar a la hacienda, Ana ordenó la construcción de la escuelita, la primera en todo el barrio Joconse. Eran tantos los niños, que Ana tuvo que hacer dos secciones de clases, una en la mañana y otra en la tarde. La maestra se vio obligada a elevar la voz y a escribir las letras lo más grande que se le hacía posible para que el gigante fisgón que parecía estatua parado a cierta distancia pudiera escuchar las lecciones y ver lo que escribía en el pizarrón.

Luego de más de seis meses en los que la maestra impartiera clases ininterrumpidamente, los pasados días no se había reunido a los estudiantes. La maestra no se sentía bien. Ana continuó con su rutina diaria hasta que no pudo más. El agotamiento y dolor no le permitieron levantarse. Servanda le sirvió café a Pellé, quien se fue muy preocupado por la ausencia de su patrona esa mañana. Luego de repartir el trabajo a los hombres, y dejando a Salambó a cargo por el día, regresó a la casa a preguntar por la patrona. Al enterarse de que Ana seguía acostada y con graves dolores, decidió ir al pueblo por el doctor.

Salambó, con su buen carácter y su fuerza, siguió las instrucciones de Pellé ayudando en el desmonte. La fuerza del joven era tal que cada hachazo que daba equivalía al esfuerzo de por lo menos cuatro hombres diestros. Cuando terminaron de cortar un enorme árbol de tabonuco, Salambó le pidió agua a uno de los peones que estaba desocupado y que prácticamente no había participado de la ardua tarea. El hombre contestó de mala gana:

—A mí ningún negro sucio me da órdenes.

Salambó se acercó al hombre llamado Cirilo, que tenía fama de pendenciero. Con la rapidez del rayo lo agarró por el cuello y lo levantó como si fuera un pelele, y apretó y apretó hasta que el hombre se desmayó. El resto de la cuadrilla clamó a Salambó para que soltara al desmayado por miedo a que lo matara así, sosteniéndolo con una mano en el aire. Luego de ese incidente, nadie nunca más se atrevió a contradecirle, y menos a insultarle.

Capítulo IV. De cómo una enfermedad hace que Ana conozca al doctor Alacán y el amor que germina

El doctor Emiliano Alacán se disponía a cerrar la puerta de su consultorio, ubicado justo al lado de la farmacia Maestre, luego de un inacabable día atendiendo pacientes. El hombre estaba hambriento y el saldo del día amenazaba con dejarlo más pobre que cuando empezó. Los pacientes que no tenían para pagar la consulta, que eran la mayoría, recibían cuidados gratis y una nota para la farmacia: «Anotar a la cuenta del Dr. Alacán».

Pellé entró saludando:

—Dispense *uste*, *dotorcito*.

—Pellé, ¿cómo le va?

—*To'* bien, bien, don Alacán.

—¿Qué le trae por acá? ¿Está bien la familia?

—Sí, *tos* están bien. Es la señora Ana, la nueva dueña de La Esperanza, que lleva días malita, y temo que se me *vay* a *morí*. —La angustia que abrumaba a Pellé era visible en su cara y se palpaba en la entrecortada voz, que delataba que el hombre estaba a punto de llorar.

—Pues tendremos que llegar a La Esperanza a atender y, si posible, sanar a la señora —declaró el doctor queriendo solidarizarse con Pellé al palpar lo afligido que estaba el hombre.

Alacán de pronto recordó haber oído en el pueblo de la llegada de una hermosa dama a Utuado. ¿Sería la misma? Y también recordó lo que le habían comentado algunos vecinos de Viví Arriba de una escuelita en La Esperanza.

—Pellé, ¿es cierto que en La Esperanza hay una escuelita?

—Sí, *dotor*, pero los últimos días ha *estau cerrá* poque la señora Ana a *estau maluca.*

Entonces era cierto: una mujer era la nueva dueña de la hacienda en las escarpadas montañas de Utuado y maestra gestora de la escuelita. Y si los rumores continuaran validándose como ciertos, entonces la doña Ana sería un vergel en plena primavera.

—La escuelita no se puede quedar sin maestra. ¿Qué le pasa a la señora?

—*Pu*é ha tenido dolor de panza, vómitos, y a *esta*ó muy *cans*á.

—Pellé, espérame afuera que voy a la farmacia a recoger algo y regreso.

El doctor, por experiencia, sabía que esos síntomas podían ser por un embarazo en el caso de una mujer o por tomar agua contaminada. Así que se apertrechó de varias cosas, incluyendo un botellón de agua purificada y bicarbonato de soda.

—Acá lo espero. Traje para usted nuestra mejor montura.

El doctor montó el caballo palomino, Soberano del Viví, orgullo de la hacienda La Esperanza, campeón indiscutible de las fiestas de San Juan y de las de San Jorge. Cabalgaba Alacán como si pisara sobre nubes de algodón. No había nacido en ninguno de los cerros de la comarca un caballo con mayor vivacidad en sus cascos. El tacome de Soberano era como si sus patas estuvieran alineadas por la escuadra de un divino constructor con cuatro tamboras. La rapidez era tal que no se percibía cuando las patas se despegaban del suelo. Se sabía que la bestia se movía, porque avanzaba acompañada de un suave bamboleo de su jinete y un *taca, taca* que resonaba en la distancia. En las pendientes hacia el barrio Joconse se distinguía de cualquier otra bestia por la seguridad y tracción de su paso subiendo o bajando, en terreno seco o mojado.

De camino a la hacienda, Alacán moría de curiosidad por saber más de la mujer que sin mucha pompa se había instalado en una remota hacienda y aun así estaba en boca de todos. La prudencia le decía que no estaba bien preguntarle a Pellé por ella. Así que indagó por la escuelita, que era un tema que le interesaba de sobremanera.

—¿Y asisten muchos estudiantes a la escuelita? —preguntó el doctor al capataz de La Esperanza.

—*Pue* a principio no iban muchos, pero cuando *oña* Ana empezó a darle desayuno gratis a *to'* los niños, la escuelita se cundió de muchachitos.

—Parece que doña Ana es una buena persona.

—Es un ángel, *dotor*. Es un ángel. Mis críos ya casi *to'* leen y *mere* que yo no aprendí ni a *escribí* mi nombre.

Ya podía imaginar la alegría con que su buen amigo, Hostos, recibiría la noticia de una escuela en un campo, y gratuita. Y para colmo de dichas, con desayuno incluido, lo que anunciaba una sensibilidad superior en sintonía con la dualidad humana de cuerpo y espíritu.

Tan pronto arribaron a La Esperanza, las muchachas que ayudaban en la casa anunciaron la presencia del doctor.

Servanda salió a recibirlos e invitó al doctor a pasar a la habitación de la enferma. El doctor se detuvo en la puerta del aposento y pidió permiso para entrar. Ana, con débil voz, le invitó a entrar a su alojamiento.

La mujer había hecho un verdadero esfuerzo para recibir al doctor de pie, pero lo más que consiguió fue medio incorporarse en la cama. Alacán era de mediana altura tirando a alto, aunque de primera instancia a Ana le pareció más bien chico. Ana se sonrió para sus adentros pensando en que no podía usar a Salambó como vara de comparación. Definitivamente Alacán era un hombre alto. Su piel no era tan blanca, quizás por el sol de los caminos, pensó Ana. La barba era espesa y tan negra como su larga cabellera. Su pelo abundante formaba bucles que le parecieron a Ana caracolas marinas de Galicia. Los ojos tenían la chispa de la inteligencia y del tono de su voz emanaba cierta bondad que hacía que cayera bien de inmediato. La barba desaliñada le recordó a Ana al perrito de su niñez, el único ser vivo que pudo abrazar en su solitaria infancia. La asociación con aquel animalito, único camarada en su inocente niñez, llevó a que Ana tuviera de inmediato buenas migas con el doctor. Su debilidad no le impidió notar la virilidad en el hombre que estaba por examinarla. Ella era una mujer y deseaba a un hombre, un verdadero compañero en su vida, deseos que había relegado con lo ocupada que la mantenía la hacienda y la escuelita. Por último, Ana notó la vestimenta del galeno, totalmente oscura excepto por la camisa. Vestía elegante, pero sobrio, lo que le otorgaba un aire de intriga y altivez que contrastaba con su total modestia.

Se encontraba tan débil que él tuvo que ayudarla a sentarse.

—Le confieso que tenía muchos deseos de conocer a la maestra del barrio Joconse. La primera y única, que sepa yo, en estos campos.

Ya sabía quién era la misteriosa dama de la que tanto se hablaba en el pueblo. A pesar de estar postrada y demacrada por la enfermedad, se hacía evidente la belleza física de su paciente.

—No sabe usted lo agradable que es conversar con una dama que sepa leer y escribir, pero que además tenga la humanidad de enseñar a leer a los niños del campo. Es usted, quizás, la primera maestra rural de Utuado y de las pocas en todo Puerto Rico. Yo, como puertorriqueño, no tengo forma de pagarle lo que está haciendo por nuestros niños. Si usted se siente mal, o si se imagina que se pueda sentir mal, no importa si de día o de noche, yo acudiré presto a entregarle mis mejores oficios de médico.

Ana no pudo dejar de sonrojarse, percatándose de que estaba ante un hombre que, además de alto y fornido, era muy sensible. Y casi sin pensarlo, le recitó un pedazo de aquel verso que escuchó de los esclavos al poco tiempo de arribar a la isla:

—Bomba, Bomba he, he, he...

—Alacán, manos benditas...

—¿Es usted el doctor al que menciona este estribillo?

—Durante la epidemia del cólera, fuimos muchos los que ayudamos. No fue mi aportación ni mayor ni menor que la de muchos de mis compañeros médicos o de las muchas mujeres que fungieron como enfermeras —aclaró, visiblemente ruborizado, el doctor Emiliano Alacán.

Ana, a pesar de sentirse débil, pudo reconocer que este hombre era lo más cercano al ideal que ella soñó: educado, varonil y comprometido con los necesitados. Y esto sin discursos grandilocuentes, sin paga, todo calladamente. Por eso era por lo que el pueblo, los humildes, lo celebraban en sus canciones populares. Y ella tenía que descubrirlo precisamente cuando peor se sentía y, de seguro, peor se veía.

Por fin el doctor comenzó a indagar directamente sobre la sintomatología de la paciente. Luego de auscultar a la dama, el médico dictaminó:

—Los síntomas, estimada Ana, tal y como me los describe, pueden ser causados por un embarazo o por aguas contaminadas.

El galeno notó claramente el malestar que la primera parte de su hipótesis sobre los males había causado en su paciente, por las implicaciones morales para una mujer viuda que no había vuelto a contraer nupcias.

—Dado que usted lleva poco tiempo entre nosotros, me aventuro a decir que el agua de la hacienda no le ha sentado bien —añadió rápidamente el doctor—. Le voy a preparar un brebaje y en poco tiempo se sentirá mejor. Hervir el agua antes de tomarla podría ser una buena práctica preventiva, así se asegura de que la misma esté libre de bichos malignos.

El doctor mezcló la pócima y se la dio a beber. Ana necesitó de varios segundos para que su rostro perdiera el rubor que delataba su bochorno y volviera a la palidez que sus malestares le habían impuesto. Por un momento pensó en lapidarse especulando que el médico estaba insultando su honor; sin embargo, pronto comprendió que estaba ante un real galeno. Era este doctor un hombre de ciencia que estudiaba las posibilidades como si estuviera en un laboratorio, no era un acólito moralista.

Alacán, después de la vergüenza que le hizo pasar a su paciente, deseaba iniciar una conversación amena con la dama. Él también era viudo, y aunque todavía no era consciente de ello, era muy fuerte la atracción que sentía hacia la dueña de La Esperanza. Sin duda, algo de espíritu aventurero y recio debía tener la mujer recostada en la cama para decidirse a comprar una hacienda tan alejada de su natal España.

—Ana es un palíndromo.

—Ciertamente lo es, mi señor. Y Roma es amor o un bi…

Ana no pudo terminar la frase porque el doctor la interrumpió gritando a viva voz:

—… fronte.

Al darse cuenta de su imprudencia, el doctor se excusó rápidamente, volviendo a sonrojarse.

—Parece que ambos tenemos gusto por las curiosidades de la lengua —comentó Ana, echándose a reír.

—Ana, perdone mi imprudencia, no debí interrumpirle, fue una falta de respeto. Encontrar una flor en estos campos no es cosa rara, pero una que juegue con palabras, rimas y poemas es una agradable casualidad que hay que celebrar.

Y, por segunda ocasión en tan breve espacio de tiempo, Ana volvió a sonrojarse ante este hombre, que le resultaba fascinante. Era como una premonición a un futuro de vida en salud. Supo que la pasión carnal podía renacer con un hombre que conjugaba lo mejor del Viejo Mundo con la vitalidad del Nuevo. Por referencia, ya sabía que estaba ante un verdadero hombre de ciencias. El doctor Emiliano Alacán, cirujano graduado de una de las mejores universidades de Europa, la que más tarde sería La Sorbona. Por supuesto que hablaba perfecto francés, el latín, y la lengua de Shakespeare no le era ajena.

¿Pudiera ser este el padre del hijo anhelado? Ojalá que la próxima vez que estuviera hablando la interrumpiera, pero con un candente beso. Tan ensimismada estaba Ana en sus fantasías amorosas que parece que las endorfinas del amor le hicieron olvidar sus dolamas.

El brebaje que le dio el doctor a Ana comenzó a surtir efecto de inmediato, o fue el resultado placebo de la agradable conversación con un hombre, un verdadero hombre.

Si acaso, el primer hombre con el que conversaba en mucho tiempo, quizás el único verdaderamente hombre con el que había tenido contacto en su vida.

Alacán no pudo partir al terminar con la paciente, pues las lluvias de todas las tardes ya estaban en su apogeo. A última hora el doctor recibió la primera invitación a cenar en la hacienda La Esperanza y eso se convirtió en una costumbre. Ana, ya sintiéndose un poco mejor, se sentó a la mesa y tomó agua carbonatada y unas galletas de soda. Ese día, como en los pasados meses en La Esperanza, se leyó después de la cena. La novedad fue que Salambó leyó por primera vez sin la ayuda de la indispuesta Ana. En los próximos treinta días el doctor no faltó una sola tarde, a lo que se convirtió en una cita permanente.

Ana recibió con mucha alegría los documentos que el doctor le trajo en su segundo encuentro. ¡Qué diferente hubiese sido su vida si las nociones tan favorables sobre la mujer del maestro Eugenio María de Hostos hubiesen tomado mayor arraigo! Pensar que en 1858 estuvo en Madrid y ya decía cosas como estas: «Se debe educar a la mujer para que sea ser humano, para que cultive y desarrolle sus facultades, para que practique su razón, para que viva su conciencia...». Declaraba este maestro entre los maestros la igualdad entre el hombre y la mujer. También abogaba por la educación científica de las féminas.

A ese selecto grupo de hombres que valoraban a la mujer pertenecía Emiliano, el hombre por el que empezaba a sentir algo especial, el que deseaba para padre de sus hijos. Necesitaba relajarse, dejar atrás los sentimientos de culpa para poder disfrutar como adolescente su enamoramiento. Ese día Emiliano se despidió de Ana más temprano de lo usual, dejando una carta en sus manos. La misma tarde de ese domingo, Gonzalo, el cura, se dirigía al barrio Joconse por el camino que bordea el río Viví y se tropezó con el distinguidísimo doctor Alacán, que bajaba la cuesta del Viví.

—Dichosos los ojos que ven al más grande hacedor de salud de esta bendita isla —proclamó el cura Gonzalo, siguiendo la broma de saludarse con los más rimbombantes halagos que pudieran inventar.

Alacán, que disfrutaba de la conversación y de la inventiva del religioso, andando inspirado, ni tonto ni perezoso contestó:

San Jorge venció dragones
Padre Gonzalo jaldas y borrachones
salvando cientos de malhechores.
Eso celebramos comiendo turrones
y a la vara sabrosos lechones.

Ambos hombres desmontaron y, riendo, se fundieron en un cálido abrazo.

—Alacán, hoy te concedo la hoja de laurel. Pero no mientas, esos versos los habías compuesto hace rato.

—Padre, me ofende, qué poca fe en mis dones de juglar. Está usted confundido y perdido.

—Por lo que veo, el que anda perdido por estos montes es usted, amigo Alacán. Parece haber una epidemia, y no precisamente de cólera en el barrio Joconse.

Alacán, consciente de la carta que había dejado en manos de Ana, se sonrojó y sin palabras quedó.

Gonzalo, notando el rubor en las mejillas de su amigo, lo volvió a abrazar como hacen los osos y rio nuevamente.

—¡Ah!, picarón, no te pongas *colorao*. Mira, yo también voy camino de La Esperanza —dijo, dándole a entender que sabía perfectamente de dónde venía y lo que estaba sucediendo con la dueña de la hacienda.

—Parece ser, padre, si Dios me sonriese, que pronto necesitaré de sus buenos oficios religiosos.

—Hermano y compatriota, nada me hará más feliz, y me atrevo a decir que Dios ya lo tenía planeado, pues, si no fuera su voluntad, una dama como Ana no llega a estos barrancos.

Los camaradas se despidieron rápidamente, pues los caminos pronto se tornarían difíciles de transitar por la lluvia torrencial que amenazaba con caer, como inevitablemente lo hacía en las tardes.

En la hacienda, Ana, con el corazón agitado, corrió a sus aposentos con la carta apretada a su pecho, como cuando una madre busca sosegar a un crío. Trató de ser cuidadosa al abrir el sobre, pero por su agitación terminó desgarrándolo. Su mente había generado mil historias acerca de las cuitas de su corazón. Por cada trama de felicidad su instinto de protección le devolvía por lo menos cinco caminos de dolor. «No te ilusiones, Ana. Puede doler, y mucho». Que si había empeñado su palabra con otra mujer, que su amante esperaba un hijo o que salía de inmediato a un largo destierro como su padre lo tuvo que hacer. Y en lo más profundo de su conciencia estaba el verdadero miedo. Con el corazón a punto de estallar, sonando como tambor, comenzó a leer.

Querida Ana,
La primera vez que supe de usted fue cuando Pellé, hecho un manojo de nervios, me fue a buscar porque su patrona estaba enferma. Ese hombre que muchos ven como un campesino bruto llegó a punto del llanto, no tanto por la patrona de la hacienda; más bien por la maestra

de la escuelita de sus hijos y de todos los niños del barrio.

Este es un sentimiento que fue creciendo de a poco. Admiración y respeto por lo que usted hace por los niños de esta pobre patria mía. Empatía surgida, como diría Hostos, de dialogar con una mente femenina con más intelecto que cualquier hombre. Su sentido de justicia y amor cristiano demostrado con el trato a los peones y no por rodillas enrojecidas en bancos de iglesias. Su apoyo incondicional a la causa de la libertad al dar empleo a esclavos libertos por su mano y hacienda. Por último, *mi querida Ana, no puedo negar que la bondad y belleza de espíritu están adornadas con los más bellos ojos que este oftalmólogo haya visto en su peregrinaje por varios continentes. Sus ojos son dos pedazos de cielo. En fin, Ana, que usted es grata a la vista como lo son las diosas del Olimpo, y con esto quiero decir que, además de un interés por su carácter* o *esencia, hay uno que es físico, sujeto al paso del tiempo, pero no menos intenso* o *verdadero.*

Ana, por eso he tomado unos días para llegar hasta Mayagüez y en la tumba donde descansa quien fuera mi esposa despedirme. He de decirle que he cumplido mi promesa, la amé hasta que la muerte nos separó y mucho más allá. Mi corazón se ha abierto porque he encontrado un ser especial. No quisiera yo abusar ni confundir una relación entre médico y paciente con las emociones que estoy sintiendo. Cuando regrese, espero tener su indulgencia para visitarla como un caballero interesado en una dama. Espero en Dios que este sentimiento sea correspondido o, al menos, que exista la posibilidad de que llegue a serlo. Si para mi desventura usted me ve solamente como un doctor amigo, solo le pido que me dé un poco de tiempo para que la distancia y el tiempo ayuden a acallar mi corazón. Pero si resultara que su salud se viera afectada, podrá contar con que correré a su auxilio sin importar el día, la hora, si estuviera nublado o soleado.

La hacienda para mí es EsperAna, o esperar por Ana, esperanza e ilusión de que usted, Ana, corresponda a este sentimiento que nombran amor.

Con el corazón en la mano se despide,

Emiliano

* * *

Cuando el padre Gonzalo llegó a la hacienda, Ana estaba agitada, nerviosa como una adolescente. Corrió a su encuentro y le pidió que por favor la orientara sobre sus angustias.

—Padre, Emiliano me ha declarado su amor.

—Hija, me he tropezado con él de camino y anda más inspirado que Góngora. Estamos enhorabuena.

—Estoy aterrada. La sombra de mi pasado no me permite disfrutar de este momento como debería. Yo también siento que lo amo, pero me asusta que me rechace.

—Ana, me consta que Emiliano se ha enamorado de quién eres aquí y ahora. De la magnífica labor que haces por los niños, las condiciones de trabajo y de vida que has creado para los obreros de la hacienda. Y ni hablar del apoyo incondicional que has dado a la sociedad de abolicionistas desde antes de conocerle. Mi amigo Emiliano es un hombre maduro y sabe que todos tenemos imperfecciones, que somos pecadores. Por eso es por lo que perdonar setenta veces setenta es mandato para el cristiano, aunque no asista a misa. A ver, Ana, ¿en alguna ocasión te has presentado a Emiliano como lo que no eres?

—No, padre, siempre he sido ante él lo que soy.

—Pues no temas, hija, que Emiliano se ha enamorado de lo que eres, no de lo que fuiste.

—Pero, padre, cuando se entere de mi pasado… —sentenció Ana con angustias en la voz.

—Ana, estoy seguro de que Dios tiene planes para ustedes. Informa a tu enamorado de lo que tú sientas, que no debería enterarse por nadie más. Y lo dejas en manos de Dios, y huya. El doctor Alacán tiene defectos como todos nosotros, humanos pecadores. Hace años padecimos el azote del cólera, como si la ira de nuestro Creador se hubiera posado sobre estas montañas. No hay familia de estos barrancos que no haya perdido un hijo, mas no hay ninguna a la cual tu galán no le salvara al menos dos sin cobrar un centavo a quien no pudiera pagarlo. Si yo tuviera la mitad de la bondad y devoción para con los desamparados que derrocha nuestro doctor, por cierto te digo, tendría la gloria al alcance muy a pesar de mis pecados —dijo el padre, y continuó—: Con mucha humildad te digo, Ana, que sospecho que el Padre celestial prefiere tener al doctor Alacán atendiendo pobres, negros y mulatos que sentado en misa oyendo mis sermones. Y a doña Ana Ozores Montalcini, adivino que la prefiere enseñando el abecé a los niños que comulgando. El pasado, bueno y malo, te encaminó a la ruta de vida que llevas hoy, la que tanto admiramos. Sin ese pasado no hubieras llegado a La Esperanza. Si lo que hay en Emiliano es amor, no hay pajita en la leche que malogre vuestro café. Hija, nada me hará más feliz que unir a tan piadosas almas en santo matrimonio. Y tú, Ana, serás el instrumento que podría atraer a ese varón a la casa de Dios, porque no dudo que ya camina en su compañía.

—Padre, no sabe la tranquilidad que me da escuchar sus palabras y aprobación, pues solo pensar en él como el hombre ideal para acompañar mi soledad ya lo consideraba un atrevimiento.

—Ana, mi querida Ana, Dios creó al hombre y a la mujer para que se acompañen. Y estos campos necesitan de sangre como la de ustedes. Así que a procrear, que estos montes están muy solitarios. Los caso mañana mismo si así lo quieren.

La conversación con el padre Gonzalo, como siempre, la dejó fortalecida y feliz, y con ese entusiasmo se sentó a escribirle una larga nota a Emiliano.

***

Estimado Emiliano,
Sus lindas palabras me honran mucho y han hecho vibrar cosas dentro de mí ya abandonadas, como vanas ilusiones de felicidad no destinadas a mí. Temo que cuando le cuente la historia de mi vida usted concluya que no estoy a la altura de su dignidad. En las líneas que continúan le desnudo mi alma y le cuento mis más íntimos secretos. No se asuste, es la verdad desnuda, la de una Ana que antes llamaban la Regenta.

Mi padre era de antigua casta noble, el segundón de un conde de vieja alcurnia. Mi madre, una honrada pero pobre modista italiana. Don Carlos Ozores fue un hombre altamente educado, ateo y republicano. No conocí a mi madre, que murió al poco tiempo de mi nacimiento, y quedé al cuido de un aya malvada. Me acostaban a las seis de la tarde todos los días, nunca me leyeron un cuento ni me durmieron con nanas. El primer abrazo lo recibí de adulta. Cuando era una niña de diez años, *pasé una noche en una barca con un niño un poco mayor que yo. Fue la cosa más inocente del mundo, pero a partir de ese incidente me trataron como si fuera una vieja prostituta. El aya se encargó de regar la calumnia de que mi madre era bailarina y que yo había heredado las malas artes.*

Luego de un destierro por sus ideales políticos, mi padre logró regresar a España y mi situación mejoró un poco, pero no demasiado, y por poco tiempo. Papá me quería a su manera, pero estaba perdido en sus quimeras. En poco tiempo dilapidó la poca herencia que le quedaba y murió inesperadamente. Yo enfermé de los nervios y estuve a punto de sucumbir. Huérfana, tanto de madre como de padre, mis dos tías solteronas se hicieron cargo de mí. Tampoco recibí amor de ellas y se encargaron de que supiera que la hija de la bailarina era una carga económica para ellas. Una de las cosas que me gustaba hacer en mi temprana juventud era escribir, pero eso también me lo negaron como cosa impropia de señoritas.

Así las cosas, me buscaron un marido, según ellas, digno del apellido Ozores. Mis tías le vendieron el antiguo caserón de la familia a mi marido. Ellas lo habían comprado por una bagatela a mi padre. Don Víctor Quintanar fue regente de Vetusta y para todo el mundo yo me convertí en la Regenta. Admirada como la mujer más bella de toda la provincia, era, además de la catedral, pieza de museo que todos elogiaban. No niego que, siendo muy joven, me sentía halagada con la atención, pero no había aprendido a socializar. El aya nunca se ocupó de eso y lo más que hizo mi padre fue llevarme a museos en Madrid, hablarme de filosofía y poner a mi disposición su vasta biblioteca de libros, casi todos prohibidos por la Iglesia.

Estuve casada por diez años con don Víctor Quintanar, quien era harto mayor que yo. En nuestra luna de miel don Quintanar se la pasó leyendo obras de teatro, creo que de Lope de Vega. Don Víctor nunca se acercó a mí como hombre. Yo busqué refugio a mi soledad en la religión y quizás en la locura. Tenía ataques de nervios que me dejaban en cama por días. Al final terminé cediendo a los avances del donjuán del pueblo. Le fui infiel a mi marido y el pobre murió en un duelo a manos de quien fuera mi amante. Quintanar era un buen hombre, se portó como un padre conmigo. En el duelo es casi seguro que Quintanar, un apasionado cazador, erró el tiro a propósito, pues después de todo era un buen cristiano. Como si todo este escándalo no fuera suficiente, mi confesor, el magistral, era el ser más ruin que se pueda imaginar. Yo salí huyendo de aquel horrible lugar y llegué a estas benditas tierras.

Estimado Emiliano, si todavía me considera digna de ese sentimiento tan puro que usted me expresa, lo esperaré cada tarde con café en el balcón de la hacienda. Yo, Ana Ozores Montalcini, juro ante Dios y la Virgen, sin intermediarios humanos de por medio, que mi corazón le pertenece. Mi cuerpo también se lo entrego, si es que en santo matrimonio me lo pide. Si Dios así lo quiere, mi anhelo de ser madre se cumplirá junto a usted. Y si su limpio corazón no puede aceptar el pasado oscuro de esta pecadora, con humildad, sin cardo ni reproche me sentiré honrada de que, por lo menos, mi presente vida le haya parecido digna de alguna admiración.

Con cariño, amor, y mucho respeto,
Ana Ozores Montalcini

***

Por primera vez en su existencia Ana hizo un acto de entera confesión que no dejaba nada afuera. Más que perdón, buscaba aceptación. Luego de escribir su respuesta a Emiliano, Ana concluyó su soliloquio escrito en calma. Estaba en paz, se había elevado por sobre las angustias de su antigua vida y estaba preparada para amar. Su corazón le decía que

Emiliano era el compañero anhelado y su razón le aseguraba el estar preparada para sobrevivir un posible rechazo. Ella tenía una vida completa y había adoptado los niños en la hacienda como si fueran hijos suyos. Salambó era su mimado.

Ana no buscaba un caballero que la salvara. Ella quería un compañero con quien compartir. ¿Hijos? Si llegaban. Ella misma no se reconocía, ya no era la frágil mujer que se tiraba en una cama a morir. Ahora quería un camarada que la valorase y la viera como mujer y como ser humano. Escribir sin filtros las cosas que habían impactado su vida le sirvió de purgante. Ya no era necesario olvidar su pasado, al que había superado, aceptando lo bueno y lo malo. Envió su respuesta de inmediato para que Emiliano la recibiera ese mismo día.

***

Estimada Ana,

He leído con interés y devoción su carta. Para contar con la libertad de conciencia necesaria para de frente responderle es que viajo a Mayagüez. En esa ciudad descansa el cuerpo de quien fuera mi prometida. Ella murió en mis brazos de una terrible enfermedad, un mes antes de nuestra boda. Esa es la razón por la que, en los últimos cinco años, he vestido de luto y por lo que porto un anillo de casado. Mi prometida confió en mí, viajó a Francia por mis promesas de amor, y en vez de dicha encontró enfermedad y muerte. Yo no pude salvarla, lo que me ha atormentado cada día de mi vida.

Ana, espero en Dios que no me tome por un loco, sino por un hombre de altas convicciones.

Ese matrimonio, que no se consumó físicamente, yo lo he respetado cada segundo de mi vida. Es necesario para mí ir y contarle a mi amada lo que me ha sucedido. Aun atesorando la memoria de mi venerada, ha renacido en La Esperanza, concretamente con usted, Ana, lo que nunca pensé posible: la ofuscación, el pulso acelerado con solo pensar que he de verla o la desolación de pasar horas sin estar a su lado. En dos días estaré de regreso para llegar a sus pies y, besándolos, declararle mi amor. Sí quiero beber café con usted, del que cultiva en los verdes montes de su hacienda, por el resto de mi vida.

Agradezco y atesoro la extraordinaria franqueza al poner por escrito los más íntimos y delicados momentos *de su vida. Yo, ante usted, haré lo mismo y no dejaré de declarar nada bueno o malo que haya sido parte de mi vida. A una dama con sangre noble me toca decirle que en mis antepasados hay sangre de negros. Tengo estudios y título de médico, pero soy un mulato. Yo no quiero saber de su pasado oscuro, como lo llama, y espero que lo oscuro de mi piel, que no tiene nada que ver con el sol de los caminos, no sea impedimento para nuestro amor. Confieso que yo me he enamorado de la maestra de escuela que alimenta primero los cuerpecitos de sus pobres estudiantes para luego entregarles el pan del conocimiento, de la hacendada que con mano firme y justa administra su hacienda. Yo me he enamorado de una mujer que transformó dolor, hipocresía y maldad en amor. Amo a Ana Ozores Montalcini, la que vive en el barrio Joconse, y no a aquella que vivió sufriendo en la lejana España. En todo caso, usted ya no es Regenta de oscuras ciudades sino Regenta del trópico.*

Ana, yo también perdí a mi madre, pero tuve la oportunidad, aunque por poco tiempo, de conocer el amor bajo su regazo. Usted sufrió por la falta de ese cariño dulce que solo una madre puede regalar. Yo lo disfruté muy poco y de niño me preguntaba qué mal había hecho para recibir el castigo de su ausencia permanente. Por eso creo entenderle. En su día *estaré de regreso, y si usted así lo quiere, sellaremos con café un compromiso de amor que tendrá inicio, pero que no conocerá final. Si Dios lo permite, nuestros hijos les contarán a los suyos nuestra historia de amor. Porque Ana, yo también quisiera ser padre y usted es la única mujer que deseo como madre de todos mis retoños.*

Se despide con alma y corazón,
Emiliano Alacán

* * *

Capítulo V. Donde los novios se casan, viajan, y el doctor le informa a Ana de su embarazo

A su regreso de Mayagüez, Emiliano se detuvo en la casa del pueblo justo para darse un baño y ataviarse. Hubiese sido difícil reconocer al doctor Emiliano en la calle Cueto, pues no llevaba los colores de luto con que el mundo lo asociaba. Por más que Emiliano se esforzó por llegar a Joconse antes del primer aguacero, al arribar estaba empapado, y peor que eso, el río estaba crecido. Pero a pesar de la tarde oscura, los colores alegres de su vestimenta se dejaban notar.

El río, Alfeo[7] celoso, rumiaba su furia dispuesta a no dejar pasar al marchante. Las sirvientas fueron las primeras en ver al doctor al margen del río tan cerca de la casa, pero imposibilitado de llegar por la embravecida corriente. Parecía que el río, después de haber poseído el cuerpo de Ana,

7 Alfeo, dios de la mitología griega. En una de las muchas versiones de la historia se convierte en río para unirse a su amada, que lo rechaza.

al bañarla en sus aguas, no estaba dispuesto a permitir que Emiliano se uniera a quien consideraba su mujer. Alertado por premoniciones de divinos oráculos, el torrente creció y mugió como toro de Muria. Si Emiliano intentaba cruzar la corriente recibiría estoque real, triunfo en la plaza mayor para las aguas celosas.

Ana se asomó al balcón junto a toda la servidumbre. Y pudo ver claramente, a pesar de lo empapado que estaba, lo vistoso que andaba Emiliano. Venía a ella con sus mejores galas, incluyendo un pañuelo rojo alrededor de su cuello, pantalones rayados y elegante frac, presagio de la pasional vida que les esperaba. Salambó, que también había visto al doctor, se acercó a la corriente tratando de escuchar lo que intentaba hablarle por encima del estruendo de las feroces aguas.

—Salambó, hijo, amarra una soga y me la lanzas —gritó a todo pulmón el doctor Emiliano, mientras gesticulaba imitando los vaqueros cuando intentan atrapar reses.

Salambó gesticuló, dándole a entender a Emiliano que a pesar de no poder escucharlo lo había entendido, y se fue a buscar una soga. Ana, al ver lo que estaba pasando, no pudo contenerse y corrió hacia Salambó para impedir una locura, pero llegó tarde. Emiliano se amarró la soga a la altura del pecho, dejando los brazos libres, y se lanzó a la corriente, mientras Salambó halaba la soga con todas sus fuerzas. El doctor desapareció dentro de la corriente por unos segundos, Ana los sufrió como si la corriente se lo hubiera tragado para siempre. La tensión de la soga y el esfuerzo de Salambó dejaban saber que Emiliano estaba dentro del torbellino de la embravecida corriente luchando por salir. De repente un cuerpo surgió de las aguas y Salambó lo asió, poniéndolo a salvo. Emiliano tosía y boqueaba como pez fuera del agua. De haber permanecido un solo segundo más dentro de las aguas, de seguro sería cadáver. Ana se abalanzó frenética sobre él.

—Emiliano, Emi... Estás loco. Te pudiste matar —le reprendía Ana, mientras lo abrazaba.

—Sí, estoy loco de amor por ti. Si no lograba verte ya y decirte así de frente que te amo, moría igual, pero sin sentir la gracia que me inunda ahora.

—Yo también sufrí lo mío en estos días sin verte. Te amo, Emiliano.

Y así, empapados, se besaron, reconociendo públicamente su amor, lo que generó vítores entre los presentes que se regocijaban por la unión de las personas más admiradas y queridas en el barrio.

En menos de seis meses la pareja estaba ante el padre Gonzalo para unir sus vidas en voto sagrado. Pellé entregó a la novia como lo estaría el más orgulloso patriarca. Salambó y su novia cargaron los anillos. En un parpadear de ojos, en un aleteo de colibrí, Ana revivió su vida entera. Y por primera vez sintió que era amada como nunca lo fue. Lamentó que su amigo y protector, Frígilis, no estuviera allí, pero no se sentía desamparada. El cariño sincero la arropaba. La nueva Ana, la del trópico, como si fuera el sol mañanero se inclinó hacia el doctor, su doctor, plantándole un beso en los labios que iluminó la campiña. En la ceremonia nupcial el padre se dirigió a los presentes diciendo así:

«Estamos congregados amigos y familiares del doctor Emiliano Alacán y de doña Ana Ozores Montalcini para celebrar los santos sacramentos del matrimonio. Para que estemos parados aquí en este día radiante que nos regala nuestro padre celestial, Ana tuvo que dejar atrás su país natal, como lo abandonó su madre muchos años atrás, y convertir en verbo el nombre de esta hacienda. Esta pareja, Emiliano y Ana, es para todos nosotros, que gustosamente hemos llegado hasta aquí, ejemplo de cómo Dios recompensa la espera paciente. Donde exista la vida la esperanza no puede morir.

»Dejó Ana su tierra con optimismo y fe en un mejor porvenir en esta, que nunca había pisado. Y se dedicó por vocación a tareas que nunca había emprendido, como ser maestra de niños, blancos, negros y mulatos, en fin, de los hijos de Dios, varones y hembras.

»Ana también cultiva café y es una gran hacendada porque, como todo lo que hace, lo hace con amor. Y así como los cafetos florecen en estos montes, el barrio Joconse ha florecido gracias a la justicia y misericordia de Ana para con las manos que laboran su Esperanza. Ana ha esperanzado al barrio Joconse con inteligencia, amor y dedicación. Y eso lo demuestran los cientos de ustedes que, como yo, alegres, han venido a honrar este amor que hoy en nombre de Dios me toca bendecir.

»Y acá a mi izquierda, el doctor Alacán, a quien proclamo amigo y que, para estar aquí hoy con esa cara de felicidad, también navegó lo suyo. Primero su padre tuvo que cruzar el canal de la Mona para encontrar su compañera boricua y hacer que Emiliano existiera. Y partió joven a estudiar a extraña nación, y regresó con buenas artes para la curación.

»Y tuvo Ana que enfermar y padecer para que un atribulado Pellé cabalgara hasta el pueblo y regresara con el mejor doctor que el Padre pudo poner en estos lares. Y ejerciendo las buenas artes que Dios le otorgó, don Emiliano ayudó a que Ana sanara. Y de ese encuentro de dos almas puras, en la medida que lo humano lo consiente, surgió una mutua admiración que dio paso a este amor que hoy celebramos.

»Esta pareja que hoy se forma bendecida por Dios va a traer múltiples dichas a este barrio. Hoy, declarándolos marido y mujer ante ustedes, les digo que es nuestra responsabilidad apoyarlos para que su amor siga creciendo y dando frutos. Porque a estos hijos de Dios se les conoce por sus frutos. Y así, los declaro marido y mujer».

Los últimos invitados se marcharon hacia las 9:00 p. m., y gracias a que había luna llena, el camino estaba iluminado. Ana esperaba a su esposo en la habitación y, cuando este entró, fue a apagar el quinqué, pero él la detuvo.

—No lo apagues, por favor. Eres tan bella que quiero grabar en mi mente cada instante y cada trozo de tu piel.

Alazán se acercó a Ana y le besó la nuca y el cuello, lo que hizo que Ana inclinara su cabeza y suspirara. Él fue desabotonando cada pieza de ropa de ella, y cuando solo le quedaba un delgado refajo, él se despojó de su ropa completamente. Entonces el refajo cayó y él continuó besando el cuerpo de la mujer, que temblaba con cada beso. Tomados de la mano, se metieron bajo el mosquitero. Se arroparon de madrugada exhaustos y sudados, a pesar de que la noche era fresca.

En el viaje de luna de miel, Ana estaba decidida a perfeccionar su dominio del idioma francés, que era, posiblemente, la lengua que mejor hablaba su esposo. El abuelo paterno de su marido era galo y por eso, en una época en que la fortuna familiar lo permitió, su padre, al quedar viudo, lo envió a estudiar a Francia con apenas diez años. El matrimonio se dedicó a practicar y Emiliano bromeaba diciendo «no queremos que nos digan *parler français comme une vache espagnole*». Esa era una frase común entre los franceses para burlarse de la mala pronunciación de los hispanohablantes.

Mientras Emiliano presentaba uno de sus estudios de enfermedades del trópico, Ana se pasó una tarde completa en la rue de Rivoli visitando librerías. Luego de ojear varios libros, sin decidirse por alguno, el librero se le acercó.

—*Madame, j'ai un livre qui a fait scandale, mais qui a beaucoup plus aux dames de l'esprit moderne.* —El librero le ofreció entonces a Ana un ejemplar y declaró—: *Madame Bovary, magnifique.*

—*Merci, monsieur* —contestó Ana mientras aceptaba el libro.

Ana había entendido que el libro trataba de escándalos de damas y no se sintió inclinada a comprarlo. Pero al ver en el interior el título completo, «Madame Bovary, moeurs de province», sintió que la antigua Ana en la lóbrega ciudad bien podría ser el personaje y lo compró. Se imaginaba que en español el título sería algo así como «La Regenta, costumbres de provincias» o «Ana Ozores, costumbres de provincias». Ese libro sería su lectura en el viaje de regreso a Puerto Rico.

La lectura ocupó a Ana toda la travesía de regreso. Y a pesar de grandes diferencias con la protagonista de la novela, Ana fue capaz de identificar peligrosas semejanzas y agradeció el estar viva y el haber dado otro sentido a su existencia. Las acciones decisivas de Frígilis le salvaron la vida en más de una ocasión, pero fue la adquisición de la hacienda lo que le dio otro rumbo. El transformarse en hacendada le dio sentido a su vida. El ser ella la responsable del bienestar de otros, ser la que tomaba decisiones, le provocó salir del marasmo en que había vivido toda su vida. Ahora ella, la hacendada, era una mujer poderosa, no por estar por sobre otros sino por simplemente comandar su vida. Emiliano era su par, no su salvador. El mejor compañero al que podía aspirar y que únicamente llegó cuando ella se convirtió en reflejo de lo que deseaba.

Francia habría sido impresionante pero no memorable si Ana no se hubiese topado con un cartel a la salida del

Louvre que promocionaba una exhibición de un gremio de artistas anónimos. Las colecciones en el Louvre, espectaculares, las disfrutó en compañía de Emiliano. Pudo apreciar obras como la Mona Lisa, la Afrodita de Milo y la Victoria de Samotracia. Todas, piezas sublimes pero que seguían un canon que parecía repetirse de sala en sala.

En el número 35 del boulevard des Capucines, Ana quedó francamente impresionada. La luz y los colores parecían capturar la vida de las calles de París en tiempo presente. Allí conoció a Berthe Morisot y a Camille Pissarro. Este último, un aliado de las mujeres, ayudó a que muchas pudieran exhibir en la exposición. Pissarro, nacido en una isla caribeña cercana a Puerto Rico, resultó ser amigo de un pintor puertorriqueño llamado Oller. El artista quedó deslumbrado con Ana, alabando lo bien que hablaba francés. Ella le informó que su marido y maestro no quería que nadie dijera que hablaba como una vaca española, lo cual le causó un ataque de risa al pintor, que lamentó que Ana tuviera que regresar a su isla tan pronto porque le hubiera gustado pedirle permiso a su esposo para hacer su retrato. Ana cortésmente le agradeció el halago, pero le aclaró que quien tenía que acceder a ser pintada era ella. Esto hizo que el pintor se disculpara con Ana:

—Pardonnez-moi. Je suis si maladroit de traiter une femme brillante comme si elle était la vache espagnole. Promets-moi que tu ne te moqueras pas trop de moi avec ton mari.[8]

El primer amanecer en la hacienda, al regresar de su luna de miel, Ana se levantó sintiéndose mal, tanto así que Alacán tuvo que acercarle la puchera para que no se vomitara en la

8 Perdóname, soy un torpe tratando a una mujer brillante como si fuera la vaca española. Prométeme que no te burlarás demasiado de mí junto a su marido.

cama. Hacía mucho tiempo que Ana no se enfermaba y hoy realmente se sentía mal. Pero sabía que todo estaba en su estómago descompuesto, quizás por el viaje. Su cabeza estaba clara, sana. Emiliano, su tierno doctor, sin llamar a ninguna sirvienta le limpió las comisuras de la boca y secó el sudor de su frente, lo que hizo que Ana se elevara por encima de los padecimientos físicos para esbozar una sonrisa de felicidad. *Pupurucha*, como le llamaba, se sabía amada y eso le daba fuerzas para sobreponerse a cualquier calamidad. Le invadió, de repente, un desconcierto cuando su amado la miró seriamente para preguntarle:

—Ana Ozores, ¿recuerda usted la primera vez que la examiné?

—Sí, lo recuerdo, fue cuando nos conocimos. Al poco tiempo de llegar a la hacienda me enfermé.

—¿Y no habías vuelto a sentirte indispuesta hasta ahora?

La mujer recordó cómo desde que conoció a Emiliano no había vuelto a enfermarse. La seriedad y el tono de formalidad de Emiliano empezaron a preocuparle.

—Emiliano, me estás asustando. ¿Por qué me hablas con tanta seriedad? Tú sabes que no me he vuelto a enfermar. Tú curaste mi cuerpo y colmaste mi corazón.

Tomando tiernamente la mano de su esposa le preguntó:

—¿Recuerdas cuál fue tu diagnóstico?

—Imposible de olvidar. Dijiste que había dos posibilidades: estaba en estado o el agua me había caído mal. Llegué a pensar que dudabas de mi honor. Me aconsejaste que hirviera el agua de tomar porque debía ser algún bicho en el agua. Yo confirmo que toda el agua que usamos en la casa se hierve.

Todavía más serio, el galeno le dijo a su esposa:

—El diagnóstico es el mismo. Y si usted me asegura que el agua es hervida, ¿qué nos queda?

La preocupación de Ana había incrementado según su marido le hablaba. Pero en ese momento, Ana percibió un amago de sonrisa y cierto destello de alegría en la mirada de su esposo. Comprenderlo todo y saltar llorando de alegría a los tiernos brazos de su amado fue una misma cosa.

—Sí, Ana, estás embarazada. Vamos a ser padres.

La pareja se mantuvo pegadita disfrutando de ese momento sublime, cimentando las bases de un amor resiliente. Dos almas que, en lo que se daba por sentado como el ocaso de la existencia amorosa, habían encontrado ese pedacito tan importante de la felicidad que solo se logra cuando se tropiezan cuerpos que encierran grandes espíritus. Celebraban su amor con café, pan y mantequilla. La misma boca con que se alimentaban, en la noches y madrugadas la usaban para devorarse con pasión y sin medida. Ana, que creyó haber conocido el éxtasis total en los furtivos encuentros con quien fuera su amante, ahora sabía lo que era ser colmada plenamente. Gran parte de su dicha era que Emiliano la amaba escuchándola, aprendiendo caricias nuevas que solo existían sobre su cuerpo. Y ella se ruborizaba de solo pensar las cosas que en las noches se había atrevido a besar, morder y lamer bajo la luz plateada que se colaba por las ventanas. Actos que ni en su diario anotaría. Y ni hablar de la primera noche de su boda, donde todo aconteció bajo la luz de la lámpara. Esa noche se acabó el aceite del candelero que los alumbraba, pero la llama de la pasión siguió ardiendo por horas.

Los primeros meses de gestación de Ana fueron prosaicamente normales: abundancia de náuseas, vómitos, mamas hinchadas y aumento de cantidad de micciones. Pero si algo cambió fue que Emiliano pasaba más tiempo con Ana en la hacienda. Todos los días daban un largo paseo tomados de la mano, dedicándose a buscar nombre para su futuro retoño.

Esto hizo que su amor se fortaleciera a la par del crecimiento de la panza.

El doctor Alacán no se cansaba de expresar su felicidad, y abrazaba constantemente y con fuerza a Ana y le hablaba de todas las precauciones que debía tomar. La primera medida prescrita fue que no volviera a montar a caballo y que las caminatas cerro arriba había que atemperarlas. La rutina íntima de la pareja no se interrumpió, si acaso se pudiera decir que se solidificó. La felicidad de Ana era total, se sentía plena. Emiliano andaba igual de contento, pero con una preocupación: las actividades abolicionistas, sumadas a sus ideales independentistas, representaban un peligro, ahora no solo para su cabeza, sino también para su creciente familia. Su esposa, la hacienda y su futuro hijo estaban en peligro.

Emiliano habilitó un espacio de oficina en los bajos de la casa, cerca de donde Salambó había construido su madriguera. La convivencia los acercó, creándose una hermandad entre ellos. El galeno recibía, indistintamente, pacientes y correligionarios partidarios de la independencia del terruño y abolicionistas.

La cercanía de la habitación de Salambó casi lo obligó a participar de las reuniones de los sediciosos. No pasó mucho tiempo para que el doctor Alacán y Salambó comenzaran a trabajar en un proyecto que mantuvieron en secreto. Ni la misma Ana sabía lo que se estaba cocinando bajo su residencia.

Los planes del dúo de conspiradores se aceleraron luego de una visita del capitán Santiesteban junto a una nutrida tropa. Ana, con su panza de casi seis meses, atendió a los militares desde el balcón. El capitán le hacía honor a su nombre, tenía fama de soldado valiente y respetuoso de las leyes, lo que no era igual con su segundo al mando. El teniente Rosetú era un perverso, notorio por ser un abusador.

El capitán preguntó por el doctor Alacán. Al ver el estado avanzado de gestación de Ana, no quiso molestarla, dando por buena la explicación de la mujer. Rosetú tomó nota mental de lo guapa que se veía la mujer de Alacán. No pudo contenerse y les dijo a sus dos compinches:

—¡Qué rica se ve la doña esa! Hay que volver por aquí pronto. Estoy *canso* de comer carne *quemá*.

—Sí, en cuanto le baje la panza, pero la ubre esté *empachá* —contestó el sargento mordiéndose los labios y llevándose la mano a la entrepierna.

El comentario lo celebraron con risotadas los tres amigotes. En sus correrías solían abusar de pobres y negros sin mayores consecuencias. Claro que, para cargarse a una mujer blanca y española, necesitaban algo más. Al teniente le bastaba con atrapar a cualquier sedicioso que supiera escribir para, a fuerza de golpes, hacerle confesar que el doctor Alacán era el líder de las partidas sediciosas. Ya con una orden de detención por traición en sus manos, no se le haría difícil entrar a La Esperanza como si fuera dueño y señor, para meterse donde quisiera y con quien quisiera. Pero, qué estaba diciendo, no le hacía falta ningún sedicioso: cualquier zopenco, después de dos o tres cariñitos, firmaba hasta con una equis la confesión que a él le diera la gana. El lastre en su carrera profesional y criminal era el capitán santurrón. Ya se encargaría de sacar esa piedrecita del zapato, si es que se tornaba demasiado impertinente.

Los compinches del teniente se afilaban los dientes pensando que su superior, como otras tantas veces, le dejaría el segundo turno luego de saciar sus deseos carnales. Ellos también querían fornicar comiendo carne blanca en sábanas limpias.

El menguado imperio español se aferraba con más ahínco que fuerzas a las últimas colonias que le quedaban, provincias de acuerdo con el decreto de la Junta Suprema Central desde 1809. Por eso el teniente, cada vez que salía en misión de arrestar conspiradores o sediciosos, se sabía imparable. Podía hacer lo que se le diera la real gana si arrestaba o destruía a los enemigos de España. Nadie le pediría explicaciones, le lloverían los honores, y una promoción no era idea descabellada.

En cuanto los militares se fueron, Emiliano subió a la casa, se llevó a su mujer a la recámara matrimonial, y se metió a la cama junto a ella para mimarla y tranquilizarla. Ana estaba preocupada por las actividades separatistas que le adjudicaban a su marido. Buscando distraer la tensión evidente en Ana, Emiliano le pidió que se acercase a la ventana y le señaló a su mujer los árboles de aguacates que estaban forrados de flores y de abejas libando. Eran tantas, y el zumbido tan intenso, que Ana se aterrorizó pensando que así sonarían, no las explosiones de la pólvora sino el silbido de los proyectiles buscando penetrar el cuerpo de su amado. Luego de la intentona de 1868, la represión contra los separatistas no había cesado y las sospechas de que su marido era uno de los conspiradores aumentaban de día a día. Ana temía que, de no haber estado Emiliano tan envuelto en el cuidado de ella y su barriga, posiblemente hubiese sido uno de los detenidos en las muchas reuniones secretas que habían sido torcidas por la tropa del capitán. La angustia por la seguridad de Emiliano no abandonaría a Ana por el resto de su embarazo. Ella apoyaba y se solidarizaba totalmente con las ideas abolicionistas de su esposo. El tema de la independencia de la isla era algo que ella, como buena española, todavía no lograba asimilar. Esa era la única gran diferencia que no conseguía reconciliar con Emiliano. Y es que las consecuencias de ser acusado de subversivo podían ser fatales.

Estando Ana frente a la casa, vio la columna de soldados que se desplazaba al otro lado del río. Al frente de los hombres el capitán Santiesteban saludó con un gesto respetuoso, levantando su sombrero. Cerrando filas, el teniente Rosetú también saludó, pero con un gesto vulgar. El mal había penetrado tan profundo en ese hombre que lo practicaba desinteresadamente. Ana, horrorizada, corrió hacia la casa. Ya le habían comentado los peones de lo abusador que era el teniente cuando cabalgaba sin la vigilancia del capitán.

En las escaleras de la casa se encontró a Clementina, una de las chicas que ayudaba a Servanda en las tareas del hogar. La chica, que solía conversar por las tardes allí mismo con Salambó, parecía que llevaba un buen rato llorando. Ana se sentó junto a la moza y, tomándola de la mano, le preguntó:

—Clementina, niña, ¿qué te sucede?

—Doña Ana, Salambó fue a pedir permiso a mi *pai* para cortejarme y este lo botó de la casa. Dice que sus hijas no se casan con negros.

—No te preocupes, hija. Yo voy a hablar con el padre Gonzalo para que interceda a vuestro favor. Ya no estés triste, que esto lo resolvemos. Ya verás.

Ana redactó una nota al padre Gonzalo explicándole la situación y recabando su ayuda. La hacendada mandó a llamar a Salambó y le pidió su permiso para interceder a su favor. Como Salambó estuvo de acuerdo, Ana le dio la nota para que la llevara al cura. Para darle ánimos al muchacho le dijo:

—Salambó, si te parece bien, Emiliano y yo queremos ser los padrinos de la boda —el ofrecimiento puso muy contento al joven.

Capítulo VI. Que trata del desagravio de don Víctor Quintanar a manos de Frígilis

«Cuando miré hacia mi arriba, te vi abajo a mis pies».
Extraña de querer, Milena Pérez Joglar

Don Álvaro regresó al casino por todo lo alto, y aunque le faltaba reconquistar algunos espacios, como la casa de los Vegallana, a una semana de su regreso parecía que todo le era favorable. Bueno, además ya no tenía que soportar la insufrible verborrea de Quintanar, ni la sed de cama de Ana y su sirvienta. Había aumentado unas libras en Madrid, su papada se había hecho más prominente, y para abotonarse los pantalones tenía que contraer el estómago. No se convertía en un Sancho Panza gracias a su considerable altura. En fin, en esta etapa de su vida darse unos tragos, fumarse un cigarro y contar viejas hazañas ante amigos y admiradores le hacía más dichoso que trepar balcones.

Frígilis, como todos los meses, se dirigió a la tienda de abarrotes para surtirse de comestibles y jabón de Castilla. Caminaba rápido, intranquilo, deseoso de retornar, no a su casa, sino a los bosques, a sus amigos los árboles. Como de costumbre, entró en silencio al almacén. Los hombres que parloteaban con el tendero no se dieron por enterados de su presencia. El pobre Frígilis, que ya casi se había acostumbrado a la ausencia de su buen amigo Quintanar, sintió un coraje que le anubló el pensamiento al oír que Mesías había regresado. Esa presencia en Vetusta quizás le hubiera resultado incómoda aunque, no obstante, sufrible, pero reventó al oír que se jactaba en público de sus conquistas. Esto era una continua injuria al buen nombre de su difunto amigo y a la honra de Ana. Arrojó la mercancía al suelo y salió como alma que lleva el diablo en dirección de la casa del coronel Fulgencio, uno de los padrinos de Quintanar en el funesto duelo.

Lo retó con las mismas armas, en el mismo lugar y hasta con los mismos padrinos con que se batió el viejo Quintanar. Para que no hubiera dudas de que la cosa era en serio, Frígilis pidió que la cuenta fuera a una docena de pasos en vez de los quince estatutarios, deseaba ver claramente la cara de su contrincante y que los tiros fueran mortales. Al aludido, Mesías, no le hicieron ninguna gracia los cambios, pero como ya tenía sus propios planes no le importó mucho.

Mesías estaba decidido a escapar nuevamente a Madrid aduciendo que los duelos eran entre caballeros y que Crespo, mejor conocido como Frígilis, no recibía ni siquiera el mote de don. El coronel, echando mano a una novela de caballería, que había oído mencionar, rápidamente trajo a colación que un vasallo podía representar a su amo bajo ciertas condiciones. Y que era de público conocimiento que Mesías fanfarroneaba de sus conquistas y de su valor en sus reuniones en el casino, lo que habilitaba a Frígilis a ser digno representante del agraviado difunto.

El alicaído donjuán estaba decidido a marcharse como ladrón en la noche cuando la intervención de su antiguo enemigo le tronchó los planes. El señor magistral se había enterado, por uno de sus espías, el presbítero Celedonio, del regreso del odiado Mesías y del reto a duelo que le hizo Juan Crespo, el Frígilis. De Pas, aprovechando que le tocó oficiar la misa de resurrección porque el obispo estaba indispuesto, le dio una estocada mortal a la honra del donjuán y hasta puso en duda su futuro en la sociedad vetustense. Sin nombrar al pecador, el prelado hizo un recuento de los pecados de la lujuria, la vanidad y el asesinato, y de cómo el sagrado libro nos llama a cuidar de los niños, las mujeres y los ancianos. Y recordó el sacrilegio que era entrar a la casa del amigo anciano, sentarse a su mesa, comer su pan y beber vino para luego mancillar el sagrado honor del hogar.

—El traidor es por definición cobarde, porque obra solapadamente. Da la puñalada por la espalda, y rehúye el peligro, a menos que lleve ventaja. No conoce el valor y es incapaz de actos heroicos.

En la oración final, De Pas pidió con toda humildad por el descanso de alma y cuerpo del señor Quintanar, regente de Vetusta la noble. Y exhortó a la ciudadanía a alejarse de los traidores y cobardes. Paquito Vegallana le informó a su guía y mentor que más de uno murmuró por lo bajo «ese es don Álvaro.»

Nervioso, sin apenas poder dormir en la semana, llegó Mesías a su cita con quien pudiera convertirse en su verdugo.

—Esto es por el honor de Anita, y por vengar la muerte de mi hermano Quintanar. No tuviste la decencia de entender que Quintanar, que te dio de comer y de beber en su hogar, tuvo la valentía de pararse ante ti con un arma de fuego a defender su honor y que disparó al suelo porque no era un asesino. Hoy va en serio. Tiro para matar, como se hace con las alimañas. Mesías, dispóngase a morir.

Don Álvaro nunca había estado tan asustado en su vida. Las manos, las piernas y la barbilla le temblaban, y un sudor frío le empapaba la ropa. Cuando los hombres se colocaron de espaldas y el juez dio la orden de comenzar a contar en el silencio del campo, se oyó claramente la voz de Frígilis:

—Uno, dos... —decía con una determinación que acusaba la frialdad de un asesino sin compasión.

Del otro lado, don Álvaro dio un primer paso sin contar y un segundo paso hasta perderse galopando como si fuera una bestia desbocada arrojando la pistola a su paso.

—Don Álvaro, no huya. ¡Malandrín, cobarde! —el juez, atónito, gritó.

Al acercarse, todos vieron el charco con olor a orín que había dejado, hasta ese momento, el galán más respetado de toda Vetusta, cuyas hazañas de faldas se extendían hasta la mismísima capital.

La valentía de Frígilis y la cobardía de *doña Álvara*, como pasó a llamarle el pueblo, se regó por toda Vetusta. El partido liberal lo expulsó, pues, como dijo la junta en reunión de emergencia, que publicó la nota correspondiente en El Faro: «El partido liberal vetustense aprecia y valora la contribución que las damas brindan a la causa, pero no podemos tener a una como presidente».

El poeta por excelencia de la venerable ciudad, Trifón Cármenes, no pudo dejar de publicar en el periódico local versos tomando lírica venganza de quien marchitó la flor de su inspiración. Versos que se convirtieron en los más celebrados en las bacanales del vulgo que gustosamente se burlaba de cualquier rico caído en desgracia. Hasta en el casino, alguna vez, le pidieron que los declamase:

En la heroica Vetusta
el hidalgo héroe ofrendó
al santo suelo en su gesta.
Calles y campos sin queja,
con sangre roja manchó.
Herido de muerte, quizás pálido,
al suelo cayó,
mas ninguno ante enemigo
jamás se escabulló.

Uno que se hacía llamar don
ejecutó un acto que no tiene perdón.
Escapó como solo las damas
lo hacen ante las llamas,
sin ser bombero dejó aguas.
Corrió como las gallinas,
dicen las vecinas.
Pescao sin agallas,
saltó al meandro sobre las vallas
la mentada doña Álvara.
Ya nadie le toca
ni con larga vara,
pues es tan delicada
que parece bacará

Al día siguiente del duelo, Frígilis le escribió una escueta nota a Ana donde le anunciaba que, habiendo concluido con éxito el último asunto que le retenía en Vetusta, salía de inmediato hacia el sur para embarcarse. Don Álvaro Mesías trató de tomar el tren de vuelta a Madrid sin llamar la atención, pero un grupo de partidarios del Magistral, instigados por este, lo descubrieron y le gritaron en el acto: «Allá va doña Álvara, vejiga vacía». Esto hizo que esa fuera la última vez que el alicaído galán pisara la heroica ciudad. Entre el populacho, Mesías distinguió la rubia cabellera de Petra. Entonces ató cabos. El magistral —la Iglesia— había ganado. La sirvienta se vendió al mejor postor. La vejiga llena precipitó la muerte de Quintanar, pero la fama de galán de Mesías quedó destruida por la poco elegante descarga en público de la suya.

Capítulo VII. Donde se narran las peripecias de la vida en el trópico

Era el día de San Narciso. Ana se levantó mucho más temprano que de costumbre, como hacía siempre que Emiliano tenía compromisos en pueblos apartados. Sus destinos no eran realmente tan lejanos, más bien es que no había buenas carreteras o mejores medios de transporte terrestre que no fuera el caballo. Desde la hacienda, siguiendo el margen del río Viví, el doctor llegaba al pueblo de Utuado para desde allí partir hasta Arecibo. En la Villa del capitán Correa tomaba un barco hasta Mayagüez, que era la forma más rápida de viajar en ese entonces. Le tomaría más de una década al ferrocarril conectar los llanos costeros del norte con el oeste.

Ana, sentada en el balcón tomándose una segunda taza de café, miraba a Emiliano alejarse. Al doctor Alacán lo tenía que compartir con muchos. A Emiliano, el que calentaba su cama, a ese no lo compartía. Ese era suyo y de nadie más. De madrugada, bajo las sábanas se amaron asegurándose de que sus cuerpos se extrañarían los próximos días. Ana no hubiera querido dejar la cama para mantener el calor y el olor a lo vivido bajo las frazadas. La panza crecía, pero la pasión de la pareja seguía intacta. Adoptaron nuevas posturas en el arte de amar para acomodar la creciente barriga, las cuales le brindaron mayor participación a Ana. Eso la llevó a descubrir nuevas dichas.

En la hacienda el día comenzaba como cualquier otro, pero pronto se transformaría en uno de pesadilla. Sentada en el balcón, se espabiló al sentir una ventisca rara y repentina que desentonaba en la mañana calurosa y húmeda. La ráfaga le hizo recordar los vientos que agitaban el mar Cantábrico en La Coruña. Nubes oscuras parecían reírse con sorna mientras se movían a gran velocidad y altura proyectando sombras amenazantes sobre el patio. Inquieta, se levantó y caminó hasta el glácil para observar mejor. Entonces vio un grupo de tijeretas volando tan alto como las nubes negras. Se figuró atacada por aves prehistóricas que con afiladas garras arrancaban techos y cargaban familias enteras para comérselas. Por un breve instante gotas gruesas golpearon como pesados martillos. Se vio obligada a correr buscando la protección de la casa. Ese cambio súbito en el clima le dio mala espina haciéndole persignar y pedir la protección de la santa Virgen. Algo raro estaba pasando, pero ella no sabía qué.

Pellé llegó al galope, cosa rara en él, que siempre andaba al paso.

—Patrona, parece que viene un *juracán*.

Por la cara de Ana, el capataz percibió que la patrona no le había entendido. Rápidamente, Pellé realizó una rudimentaria explicación de lo que era un huracán. No tenían las palabras del jibaro términos científicos, pero arrastraban muchos años de experiencia batallando los estragos de las tormentas tropicales. Esas tormentas inmisericordes eran una frecuente pesadilla en el Caribe tropical. Ana nunca había vivido algo como lo que le estaba relatando Pellé.

La hacienda se volvió un hormiguero de actividad. Las ventanas eran clausuradas y reforzadas, las puertas corrían igual suerte. La casa quedó a oscuras, por lo que fue necesario encender lámparas y quinqués, aunque eran las diez de la mañana. La única puerta que se dejó abierta fue la de la cocina, que sería la última en asegurarse cuando los vientos estuvieran rabiosos. El techo de la casa se amarró con tres sogas que le cruzaban de norte a sur, en un intento de evitar que fuera arrancado por los vientos tempestuosos. Mientras todo esto acontecía, las ráfagas de vientos acompañadas de aguaceros se sucedían. El viento soplaba en un patrón difícil de descifrar, muy distinto al que estaban acostumbrados en Jaconse.

Ana mandó a los niños de doce años o menos a que con sus madres se guarecieran en la escuelita, que era el edificio más seguro, pues estaba construido en mampostería, incluido el techo. La mayoría de los hombres se ubicaron en el sótano junto al cuarto de Salambó. A insistencia de Pellé, Ana con su barriga y las sirvientas se fueron a la barraca, una estructura de poca altura, a dos aguas y forrada de planchas de metal. Para hacer la estadía de las mujeres más cómoda, el suelo se cubrió con varias mantas.

Los cuadros y figuras religiosas Ana los dejó en su lugar, que los santos y divinidades se defendieran por sí mismos, y la cristalería la aseguró envolviéndola en trapos y sábanas. Ya casi listos para encerrarse definitivamente por largas horas, Ana fue a saludar a los niños en la escuelita. La maestra, que en cada clase pasaba lista, rápidamente notó que faltaban algunos niños, exactamente tres. Los hijos de Cirilo, su esposa y este mismo no estaban por ninguna parte. Ana, que por su estado y ante la ausencia de Emiliano andaba ultrasensible, no pudo evitar que se le escaparan dos lágrimas.

Cirilo se bebía todo su jornal en alcohol, y cuando Ana dejó de vendérselo en la bodega de la hacienda se iba hasta el pueblo a buscarlo. Sus hijos siempre llegaban hambrientos a la escuelita; Ana se ocupaba de que las sirvientas les dieran doble ración en el desayuno. La maestra, que atendía a los niños como si fueran suyos, le rogó a su complaciente capataz que fuera por ellos.

Pellé pensaba que Cirilo era un mandulete, pero, incapaz de desobedecer a Ana, llegó hasta la choza de Cirilo bajo aguaceros y ventoleras. No hubo forma de que el hombre entrara en razón y acompañara al capataz, pero su esposa Juana logró que les permitiera a los niños acompañar a Pellé.

—Don Pellé, gracias por *vení po nosotro*. Le encargo a los muchachitos. Me excusa con *oña* Ana, ella sabe la *cru* que llevo yo con este *jombre*.

Pellé saludó tocando el ala de su sombrero e inclinándose. Partió rápidamente, pues ya caían ramas de árboles por las ráfagas del viento y la oscuridad de los nubarrones se había tragado la luz de la mañana.

En los refugios se perdió la noción del tiempo. El azote del ventarrón, el ruido de los árboles cayendo y siendo arrastrados y el aullar del viento mantenía a todos en ascuas. Ese nerviosismo, instinto de supervivencia, no dejaba que nadie se durmiera ante la perspectiva de tener que salir huyendo. La primera hora de encierro fue toda de nervios hasta que se supo que cada refugio soportaría los vientos y que el agua no los ahogaría. Luego, como si fuera cosa coordinada en la escuelita, en el semisótano y en la barraca se contaron historias. Los adultos rememoraron antiguas tormentas por nombres y daños. Todos sabían que luego del paso de un huracán había mucho trabajo a realizar, con el estómago vacío en muchas ocasiones.

El ruido que hacía el viento era tanto que, aun estando apiñados, había que hablar a gritos para ser escuchados. Ya pasado el susto inicial, se coló café y se hizo chocolate para los niños. Hubo quien narró cuentos para entretener a los chavales, como el de Juan Bobo cuidando la puerca, y el del Buey y la Rana: «El buey baja a la quebrada para beber y le dice a una ranita que croaba sin parar: "Usted tan pequeña y cómo chilla". "Y usted tan grande y no se abochorna de andar con el culo *cagao*"», lo que arrancó risas de grandes y chiquillos.

Así pasaron las horas hasta que muchos cayeron dormidos de cansancio y aburrimiento. En lo que se adivinaba como la madrugada, hubo un rato de sosiego, una tranquilidad repentina. Se abrieron las puertas y muchos llegaron al glácil. Los más viejos hablaban de la virazón. Los hombres se fueron a mear a la orilla del río, que corría imparable arrastrando los árboles que habían caído a su cauce. Un poco más abajo, en la cañada conocida como el Paso del Diablo, los cadáveres de árboles taponaron el flujo del agua, que había abierto una nueva senda, exactamente por donde estaba ubicada la choza de Cirilo y Juana. Las mujeres se persignaron, los hombres se miraron en silencio. Ana, que veía la desolación, no dejaba de preguntarse cómo estaría Emiliano. Pellé, viéndola retraída, adivinó dónde estaba su pensamiento.

—*Oña* Ana, no se preocupe, que lo mesmo en Arecibo que en Mayagüez hay muchas casas de ladrillos y es posible que allá esté soleado, pue muchas veces a los *juracanes* se les olvida la mitad de la isla.

Ana le sonrió a Pellé agradeciéndole sus palabras de aliento. Tenía mucha fe de que su marido estuviera bien y se reuniera con ella lo antes posible. Hubo como dos horas de tranquilidad. Los vientos y la lluvia regresaron como si todo fuese a comenzar nuevamente.

—¡*E* la virazón! —gritó un anciano.

Se volvieron a encerrar y casi repitieron el proceso anterior, pero la llamada virazón no fue tan fuerte como el primer azote. En la mañana todo era calma, silencio húmedo con calor que hacía suplicar que se abrieran puertas y ventanas. Como si hubiesen tocado la diana, todo mundo compareció al glácil, que parecía otra cosa cubierta de ramas y hojas. El río, mancha marrón, todavía crecido, pero menguando a la luz de lo acontecido, no parecía tan amenazante. Los árboles en pie no tenían una sola hoja en sus ramas, desnudos dejaban ver las vergüenzas de los cerros. En la hacienda no quedó una sola choza en pie. Ana, muy preocupada, mandó de inmediato a dos hombres a procurar por Juana y Cirilo. Pellé organizó rápidamente a los hombres en varias cuadrillas. Una estaba a cargo de revisar las estructuras, empezando con la casa principal, que había perdido algunas planchas del techo y los almacenes, y otra estaba encargada de limpiar el camino principal hasta el borde del barrio Viví Arriba. La última cuadrilla estaba destinada a revisar las chozas de cada familia y reportar los hallazgos a doña Ana tan pronto fuera posible. Para esta tarea algunos de los jovencitos que ya sabían leer y escribir fueron instrumentales, porque podían apuntar y tabular los datos. En fin, todo el mundo tenía alguna tarea que realizar y el estar ocupados no les permitía pensar en lo duro que sería recuperarse. Los peones deseaban volver a la rutina de días, quizás no más placenteros, pero abundantes en lo cotidiano que brinda, casi siempre, el soportable bálsamo de lo conocido. Ya lo decía el refrán popular: «Mejor malo conocido que bueno por conocer».

En la cocina Ana alistó a las sirvientas y a otras de las mujeres para preparar merienda para todo el mundo. Mientras eso sucedía, Pellé puso a los hombres a recoger los alrededores, incluyendo el glácil, para que fuera lugar de reunión. Cuando todo el mundo tuvo en sus manos por lo menos una taza de café, Ana se dirigió al nutrido grupo:

—Estamos vivos, y le agradecemos a Dios porque tenemos nuestras manos para trabajar y levantar todo lo que el viento destruyó. Ya sabemos que las casitas de paja no soportaron los vientos. En los próximos días mujeres y niños pequeños dormirán en el edificio de la escuelita; los hombres, en el ranchón donde almacenamos el café. Las mujeres que estén por parir se me van ya a la casa grande. Ahora más que nunca tenemos que estar unidos. En los próximos días Pellé me va a ayudar a seleccionar un buen lugar para reconstruir sus casitas. Para que todo el mundo pueda volver a convivir dentro de la privacidad de su hogar. Primero aprovecharemos los árboles caídos y construiremos en madera, pero dentro de poco, si Dios me da fuerzas y salud, con la ayuda de todos construiremos con piedra y argamasa.

Esas palabras calentaron y energizaron a los peones más que el café y el funche que se repartió. Los peones de La Esperanza estaban en una posición privilegiada, no solo porque Ana era una patrona compasiva, sino porque con la ayuda de Pellé habían multiplicado el área dedicada a la siembra de comida para consumo local. En la hacienda había alimento para un pequeño ejército. Los ñames de monte abundaban y la yautía y otros tubérculos que se daban bajo tierra se habían multiplicado en el año y medio que llevaba Ana en la hacienda.

El grupo de veinte peones que lideraba Salambó fue el encargado de despejar el camino hasta el barrio Viví Arriba. El joven Salambó parecía tener la espada de Aquiles abriendo brechas, despedazando árboles caídos o removiendo rocas que obstruían el paso. Ni el hombre más optimista del mundo hubiese podido imaginar que hacia las dos de la tarde el grupo de hombres hubiera terminado su tarea.

Al equipo de Salambó le sorprendió ver que en la hacienda La Margarita apenas se veía actividad, y que nadie intentaba despejar el camino. Los pocos hombres y mujeres que estaban alrededor de la hacienda parecían cadáveres andantes con la vista perdida. Los dueños de la hacienda no tomaron ninguna prevención. El techo de la casa grande había desaparecido. El almacén parecía un montón de paja, pues se desmoronó por completo, los escombros estaban arrojados por todas partes. Entonces se toparon con un grupo de hombres y mujeres que lloraban y daban gritos desesperados. El grupo de algunas veinticinco personas estaba parado de espaldas a Salambó mirando hacia el frente. Por su altura, Salambó fue el primero en ver la causa del llanto incontrolable: había por lo menos doce cadáveres, entre ellos varios hombres y mujeres, pero los más eran jovencitos e infantes. Había una joven mujer que parió en medio de la tormenta y ella y su crío murieron. Un mozo, presumiblemente el marido, lloraba sujetando la mano de la mujer. Y como si el trágico cuadro no fuera lo suficientemente impactante, continuaban llegando campesinos con cadáveres que seguían alineando en el batey de lo que fue la casa grande.

Un enjambre de moscas se posaba invariablemente sobre cadáveres y seres vivientes. Perros fieles lloraban en silencio la muerte de sus amos. Ante la desolación, Salambó decidió enviar recado a su madrina y se dispuso a cavar fosas para sepultar los cadáveres.

La respuesta de Ana no se hizo esperar: una carreta con comida, frazadas y varios sacos de cal y treinta manos adicionales.

«Salambó, hijo, continúa ayudando como buen cristiano a la gente de La Margarita en todo lo que sea necesario. Te envío quince hombres más para que continúes trabajando en la limpieza del camino, de ser necesario hasta el mismo pueblo. En cuanto sea posible, manda a dos muchachos ágiles a que se adelanten hasta el pueblo para que den parte a las autoridades de los acontecimientos. Da aviso al señor alcalde, D. Juan Velazco Pardiñas, de las desgracias en La Margarita. Nosotros seguimos buscando a Juana y Cirilo, pero ya con poca esperanza de encontrarlos con vida. Una vez en el pueblo, por favor, traten de obtener noticias de Emiliano. La farmacia del licenciado Maestre es un buen lugar para averiguar si es que no está en su despacho.

»Post data: ¿Te das cuenta de que esta es la primera nota que recibo de ti? Enhorabuena, ya no solo lees sino que igual escribes».

Salambó puso a los recién llegados a continuar con la limpieza del camino. El resto de los hombres cavaban tumbas para veintiún desgraciados esparcidos frente a la casona de La Margarita como medallas a la estupidez del capataz. A doña Margarita, viuda hacía más de diez años, a sus setenta y cinco años no se le podía responsabilizar de nada. Los peones de la hacienda en ruinas, dentro de su dolor, reconocieron a Salambó como su líder y comenzaron a trabajar bajo las órdenes del incansable gigante.

El grupo que continuó limpiando el camino se encontró con dos figuras que subían por el trillo, franqueando con dificultad árboles y ramas caídas. Uno de los individuos parecía ayudar al otro, que vestía de una manera extraña, parecida a esas fotos de cazadores ingleses en la sabana africana. Pronto reconocieron al doctor Alacán y corrieron, mejor dicho, saltaron sobre los escombros para ayudarle. Lo primero que hizo Alacán fue preguntar por Ana y por todos en general. Para el doctor fue un alivio saber que las precauciones que tomaron en La Esperanza habían salvado la vida de prácticamente todo el mundo. Las únicas almas que se perdieron en la hacienda fueron las de Juana y Cirilo. A Emiliano le dolió mucho la muerte de Juana porque sabía lo mucho que había sufrido por culpa del gusto por el alcohol de su marido. Viendo el estado de La Margarita y las proyecciones de sobre tres mil muertes para la isla, definitivamente, no se podía quejar del saldo en La Esperanza.

Ana no cabía de la alegría al abrazar a su amigo, casi padre, Frígilis y a su amado Emiliano. A Frígilis le hicieron tomar un tazón de café que le devolvió el color y el calor al cuerpo. El pobre Frígilis había viajado en una carreta halada por bueyes desde Ponce hasta Utuado y lo dejaron en la bifurcación de dos ríos, y le dijeron que siguiera el caminito que bordeaba el río Viví hasta el barrio Joconse.

—En *meno* de *do joras* llega al barrio —le dijo el viejo carretero.

Pero los aguaceros y ventiscas comenzaron apenas unos minutos después de que Frígilis comenzó a subir la cuesta del Viví. Cuando se dio cuenta de que no podía seguir avanzando, tampoco le era posible retroceder. Terminó rompiendo algunas de sus piezas de ropa y se amarró al tronco del árbol que le pareció que mejor podría soportar los vientos. Cuando Emiliano encontró a Frígilis, este estaba desorientado, con la ropa empapada, friolento y con las tripas quejándosele del hambre. Que Frígilis sobreviviera al huracán a la intemperie fue casi un milagro. El que Emiliano se topara con él fue, sin duda, un segundo acto de la voluntad de las divinidades.

El Frígilis volcó todo su entusiasmo en la recuperación de la hacienda después del paso del huracán. Dos proyectos ocuparon todo su tiempo: construir un canal media milla río arriba para con el agua del Viví mover la despulpadora de café, y la construcción de casitas para los peones «arrimaos» de la hacienda. De ese esfuerzo se llegaron a construir cincuenta casas perfectamente alineadas que más tarde se conocerían como Villa Ana.

Doña Margarita aceptó la invitación de Ana y permaneció como huésped en La Esperanza. La vecina le pidió a Ana que le prestara a Salambó para que fuera el capataz de su hacienda y le ayudara a levantarla. Con la bendición de su madrina, el título de capataz y el respeto que se había labrado durante los trabajos de recuperación permitieron que Salambó se pudiera casar con su novia. El padre Gonzalo ofició la ceremonia, con Ana y Emiliano de padrinos. La casa grande de La Margarita quedó prácticamente destruida, y en peor estado el resto de sus estructuras, por lo que Salambó continuó residiendo en los bajos de La Esperanza. En las tardes, Frígilis, Pellé y Salambó charlaban largamente del progreso en La Margarita e ideaban estrategias para asegurar el éxito del pupilo de Ana.

Es cierto que el huracán causó que la cosecha de café se perdiera casi por completo en la isla, pero no fue así en La Esperanza. Los hombres, mujeres y niños pusieron tanto empeño, primero en limpiar y despejar los cafetos, y luego en no dejar que se perdiera ni un solo grano de las cerezas rojas. Con un total de cuatro mil quinientos quintales pilados, la cosecha fue tan solo un poco más pequeña a la del año anterior, que había sido un año récord para la hacienda. El secreto del éxito de La Esperanza eran las políticas de sus administradores, especialmente el trato que les daba Ana a los obreros. Los peones de Ana tenían más energía, se enfermaban menos y trabajaban más a gusto que el promedio. La escuelita se convirtió en una especie de guardería, lo que duplicó la mano de obra útil, pues las mujeres podían participar en igualdad de condiciones en todas las tareas necesarias. En La Esperanza funcionó un comedor comunal por tres meses. Los cuidados que Emiliano dispensaba gratuitamente junto a sus enseñanzas sobre higiene lograron una fuerza trabajadora sana y motivada. En poco tiempo la hacienda estaba recuperada. Frígilis incursionó en la fabricación a nivel comercial de chorizos y sobreasadas. Los nuevos rubros reducían la dependencia en el monocultivo del café y en ellos se empleaban una docena de mujeres.

En La Margarita los trabajos se adelantaron especialmente gracias a que Ana costeó gran parte de las mejoras a la casona. Y, por supuesto, el empuje y la fuerza de su joven capataz fueron claves para lograr una pronta recuperación. La hacienda a cargo de Salambó estuvo casi abandonada los últimos años. El joven aprovechó la abolición de la esclavitud para agenciarse veinticinco nuevos peones, todos habían sido compañeros suyos en el ingrato cañaveral. Luego de meses de arduo trabajo, La Margarita estaba lista para recibir a su propietaria.

Salambó esperaba en el mismo carruaje en el que Ana llegó a La Esperanza, para transportar a doña Margarita hasta su hacienda. Hacía cincuenta y cinco años que su esposo había construido la casona para recibirla, y la bautizó en su honor como hacienda La Margarita. Doña Margarita, así como lo hizo Ana, llegó por Ponce desde España cuando era una linda canaria de veinte años. La señora se entretuvo hablando con Ana todos los días de los casi tres meses que pasó en La Esperanza. Su esposo Paco fue un buen compañero, pero había muerto años atrás. A su único hijo y compañía en su viudez se lo mataron en el Grito del 68. De padres españoles, Joselito siempre se sintió puertorriqueño y no toleraba la injusticia. Emiliano había sido buen amigo, compañero abolicionista y de las luchas separatistas del hijo de Margarita.

Ana invitó a Salambó a desayunar mientras esperaban por la señora Margarita. Esa mañana se había tardado más de lo usual, pero todos pensaron que estaba recogiendo sus pertenencias. Cuando Salambó terminó con su plato, a Ana le pareció raro que doña Margarita no hubiera dado señales de vida y fue hasta su habitación.

—Doña Margarita, ¿se encuentra bien? Salambó ya está listo para llevarla hasta su casa.

Ana en un principio pensó que quizás doña Margarita no se quería ir. Ni a ella ni a Emiliano le molestaría si la viejecita se quedaba a vivir con ellos, pues sería como la abuelita de la criatura que estaba por llegar. Pero la dulce señora había muerto mientras dormía. Su rostro reflejaba paz. Tal parece que la señora sabía que le quedaba poco, porque había dejado todo organizado para su partida. En un testamento escrito con su puño y letra le dejaba la hacienda La Margarita a Ana y al hijo próximo a nacer. En agradecimiento a Salambó, le traspasó los terrenos que quedaban al margen oeste del río Viví. Eso era una pequeña estancia que podía producir suficiente como para mantener a una familia. Aunque la partida de doña Margarita dejó mucha tristeza, quedaba el consuelo de que en sus últimos días estuvo acompañada y lo pasó bonito. Al unir las dos haciendas, Ana controlaba casi ochocientas hectáreas continuas de terreno en las montañas de la isla, que se extendían entre los pueblos de Utuado, Adjuntas y Jayuya.

Capítulo VIII. Que trata de cartas y desgracias

En su viaje quincenal al pueblo, Frígilis se encargaba de pendencias relacionadas a la hacienda y de recoger la correspondencia. No pudo dejar de sonreír cuando le entregaron una carta dirigida a Ana Ozores Montalcini. Era su nota indicándole a Ana que se marchaba de inmediato de Vetusta para por fin encontrarse con ella. En cuanto regresó a la hacienda le entregó la carta a su destinataria.

—Ana, tienes correspondencia de Europa.

La hacendada, intrigada, agarró la carta, y al ver que era de Frígilis, entre divertida y curiosa, la leyó de inmediato.

—Entonces, ¿le digo a Pellé que se vaya a Ponce a recibirte? —entre risas le comentó Ana a Frígilis.

Ambos rieron por la loca dilación de la misiva. Ya sobrepuestos del mal rato del huracán, bromearon del recibimiento festivo que la naturaleza le brindó a Frígilis. La carta hubiera podido ser entregada personalmente, aunque «ligeramente» estropeada.

Los amigos no se enteraron de los acontecimientos que desató otra carta, la última que Ana envió a Vetusta. Gracias a sus múltiples espías, la carta de Ana llegó a manos del magistral. Celedonio, un día que recogía la correspondencia, vio un sobre y, reconociendo el nombre de Ana, lo tomó y lo ocultó entre la correspondencia del magistral. El alcahuete corrió a la casa del religioso. Iba sediento de la propina que se imaginaba ya en sus bolsillos en cuanto pusiera la carta en manos de su señor.

De Pas distinguió la letra de Ana inmediatamente y no pudo evitar un estremecimiento similar, quizás mayor, al incitado por la primera misiva que recibió de ella, aquella nota que tuvo que leer a su madre para no alimentar suspicacias y que a solas no se cansó de releer. Pero las ilusiones de una carta donde la Regenta le pidiera perdón, rogándole que corriera a su encuentro, se desvanecieron rápidamente. La carta iba dirigida a Juan Crespo, el Frígilis. Ana se casaba con un criollo. De seguro que a ese ya también se le había entregado. El hombre, no el magistral, se desmoronó, cayó sentado como si un caballo lo hubiera pateado. El acolito, al ver esto, salió de la habitación corriendo y ni la puerta cerró. El descorazonado hombre dio un puñetazo sobre el escritorio y una vez más maldijo la sotana y la hora en que su madre lo obligó a entrar al seminario.

—¡Coño! —Él era un hombre.

Saber que él nunca sería amado por Ana, como sí lo era un tal Emiliano, lo destruyó. No importó que él, cómo si lo hubiera hecho con sus propias manos, se deshizo de Quintanar y de Mesías. Petra, extrañada, al ver a Celedonio salir disparado, se asomó y encontró la puerta del despacho abierta. La joven entró sigilosamente. El señorito estaba postrado con un pedazo de papel entre sus manos, y ella se acercó y leyó el nombre de Ana en el sobre. Petra le riñó al magistral sin sospechar lo impactado que estaba el religioso al saber que Ana, lejos de él, era feliz. La doncella escogió el peor momento para fingir una escena de celos.

Dios sabe que el magistral no golpeó con la intención de causar daño mayor a la sirvienta, pero el bofetón la arrojó al suelo. Saliendo de su letargo, y viendo que la joven no reaccionaba, De Pas trató de reanimarla, pero solo logró manchar sus manos con sangre. Al caer en cuenta de la magnitud de la desgracia que había provocado, el hombre salió despavorido gritando:

—¡Madre, la he matado!

Doña Paula, que se encontraba haciendo cálculos y saboreando su dinero, al oír gritos corrió a la casa. La mujer abrazó a su hijo como cuando de infante lo amamantaba. Al percatarse del suceso, rápidamente tomó el control de la situación. Había llegado muy lejos y estaba demasiado bien para que la muerte de una putilla lo arruinara todo. Abajo, en la pobreza, ella no volvía a estar.

—Ferno, no ha pasado nada. Aplastaste una cucaracha.

Doña Paula mandó a su hijo a dar un paseo y rápidamente puso manos a la obra. Cerró la puerta del despacho con tranquilidad y mandó a buscar a uno de sus esbirros, el que había estado con ella desde un principio. Tenía menos escrúpulos que ella misma, si es que eso fuera posible. Sacó diez monedas de oro y las puso en las manos del hombre.

—Toma y desaparece lo que está en el despacho sin que nadie te vea, y te me vas a nuestro pueblo unos días.

El hombre, sin pronunciar palabra, con los ojos codiciosos brillando, guardó las monedas y se fue a cumplir. No sabía exactamente lo que tenía que hacer, pero tampoco le importaba con tal de que el oro permaneciera en su poder.

No fue difícil ni sospechoso sacar el cadáver de Petra a través del almacén de donde salían y llegaban mercancías todo el tiempo. Se alejó un par de horas de Vetusta. Detuvo la carreta, se hizo a un lado ocultándose detrás de unos árboles, y comenzó a cavar. La tierra estaba dura y fría, por lo que apenas cavó tres pies. Tiró del cuerpo por las extremidades como si se tratase de una presa de caza. Lo arrastró hasta que cayó en el hueco. La luna alumbraba los cabellos rubios de la mujer y su cuerpo le pareció agradable.

—Esa concha no se la pueden comer los gusanos así *na ma*. —Se bajó los pantalones. Según él, el cuerpo todavía estaba tibio.

Petra, mal enterrada y sin perdón de los cielos, terminó profanada por toda clase de alimañas. El cuerpo despedazado, arrastrado por la comarca como si fuese polvo.

Doña Paula recibió el cadáver de su hijo con absoluta frialdad, nadie hubiese podido adivinar qué estaba pensando. A puerta cerrada, acarició el rostro de su niño grande. La mujer, un poco triste pero molesta porque su Ferno no estuvo a la altura, gritó:

—Yo te hubiera hecho obispo.

No llegó a tener los cojones que ella cargaba. Oficialmente se dijo que el manteo, el viento, una piedra suelta causaron el trágico accidente en la torre de la catedral. Paula cerró puertas y ventanas y se fue a contar dinero. Lo único que le agradaba a su espíritu era hacer cuentas si el saldo le era favorable. Sí, fue el manteo lo que mató a su hombrecito, pero el de una maldita mujer.

Un día un molinero, que dijo ser primo de la Petra, vino a preguntar por ella. Doña Paula le gritó con sorna y seguridad:

—Esa mal agradecida se fue el mismo día que mi santo hijo partió a mejor vida. No sé de ella y tampoco quiero saber —dijo y le cerró la puerta en la cara al hombre, sin darle ninguna importancia al asunto. Petra quedó en el olvido como si fuera un zapato viejo que se tira. A nadie le importó y hasta el primo la olvidó rápidamente.

Sobre La Esperanza también se cernía la desgracia.

—Frígilis, ¿sabes qué le pasa a Pellé? Últimamente lo veo como ausente, poco hablador —le preguntó Ana a su amigo.

—No sé, pero ahora que lo dices, es cierto. Anda muy callado. Quizás es que, como yo, llegó a viejo.

—Pero tú eres un viejo parlanchín.

—Ja, ja. Es verdad. Pero eso es solo contigo, Anita.

Esa tarde Pellé se excusó y abandonó la brigada que desmontaba la nueva porción de terreno que se preparaba para extender las siembras. Frígilis continuó marcando árboles, algunos de los cuales se usarían como sombra y otros se preservarían por ser centenarios. Frígilis había demarcado un corredor de conservación que unía La Esperanza con La Margarita. El cinturón de árboles salvados era visible desde la casa de la hacienda, pues sobresalía sobre los cafetos que se mantenían cerca de los nueve pies de altura. El árbol campeón del barrio Joconse era un tabonuco que tenía cerca de ciento diez pies de altura y que, para abrazarlo a la redonda, se necesitaban una docena de brazos. Frígilis pasó un mes construyendo una especie de arnés para poder subir con cierta facilidad al tope del árbol. Al llegar a dosel, colocó una bandera roja para que Ana distinguiera al gran campeón desde el glácil de la finca.

Fue tal la impresión que tuvo sobre Ana el gesto de Frígilis, que organizó una gira con Emiliano para merendar bajo el tabonuco gigante, y abrazarlo y abrazarse bajo su sombra. Ana acarició la idea de trepar hasta el tope del árbol usando las sogas que había dejado Frígilis, pero Emiliano la convenció de que no era prudente intentarlo con su barriga y sin verificar con el constructor. La mujer cedió ante los razonamientos de su marido, pero dejó en claro que ella conquistaría las alturas.

La tranquilidad de la tarde se vio interrumpida por la carrera de un joven y los gritos de una mujer. Pellé, machete en mano, corría detrás de un mozo casi desnudo. Ana no recordaba haber visto al chico anteriormente, por lo que pensó que se trataba de un ladrón. Esto acontecía ante la vista de todo el mundo. El joven era, digamos, el novio de la Habichuela. Pellé llegó demasiado temprano a la casita de la joven y la encontró en la cama con el otro, tras lo cual se inició la persecución que ahora observaba todo el mundo.

El injuriado capataz puso su mejor empeño en alcanzar al chico, pero era obvio que la diferencia de edad le daba ventaja al joven. No pasó mucho rato cuando el muchacho se había perdido en el monte, y Pellé se desplomó en medio de la persecución. Le faltaba el aire y sentía presión, como si un caballo se le hubiese sentado sobre el pecho. Pronto se oyeron comentarios sarcásticos: «El gallo viejo encontró al pollito pisándole la gallina. ¡Ay, ay, ay…!».

La Habichuela era una joven de dieciocho años, de apenas catorce cuando Pellé se la robó. A los quince había parido el primer hijo, y ya tenía tres. Del último chamaquito se rumoreaba que Pellé no era el padre y ahora todos creían saber quién lo era. Y, por supuesto, los sabios observadores declararon que «el pequeño salió *cagau* al potrillo corredor», «Pellé es un *cuernú*». Todo esto Pellé lo oía, y desde una nube negra e imposibilitado de moverse.

Cuatro años atrás, cuando se robó a la jovencita, Pellé tenía todavía todo su vigor de macho que repartía entre varias mujeres sin problemas y a su antojo. Raramente pasaban tres días sin que atendiera alguna de ellas, incluyendo a su mujer oficial, Josefa. Llevarse a la Habichuela le había costado al capataz la movilidad de los dedos de la mano izquierda. Tiburcio, el padre de la niña, llegó a La Esperanza con dos sables «amolaos» hasta el cabo. Le arrojó uno a los pies a Pellé diciendo: «La deshonra de mi hija me las pagas con sangre». Los hombres no se hicieron más daño porque el joven Oliver detuvo la pelea con la ayuda de varios peones. El padre de la Habichuela, que en realidad se llamaba Petronila, perdió una oreja y quedó con una cicatriz en el rostro.

Con la ayuda de varios hombres, Ana recogió a Pellé y lo llevó a la casa para cuidarlo. Pasaron varios días y el enfermo mejoró, pero no volvió a ser el hombre fuerte que había sido. Su brazo izquierdo perdió movilidad casi por completo, la boca quedó torcida y la lengua como amarrada, lo que le dificultaba la comunicación. Pellé dejó de hablar y apenas comía. Ana se sentaba a su lado y le leía en voz alta por lo menos una hora diaria.

Una mañana, el enfermo no amaneció en su cama. Inicialmente la cama vacía fue motivo de alegría, pues se pensó que Pellé estaba mejor y que había salido a caminar. Así que luego del desayuno se pusieron a buscarlo, todavía sin ninguna premura. Pellé no pegó los ojos en toda la noche. Josefa, ante todos, lo había atendido espléndidamente la tarde anterior. Él le imaginaba una sonrisa burlona en su boca. Ella, sin ningún empacho, le había increpado:

—Vamos a ver cuál de tus chulas viene a limpiarte el culo ahora. La Habichuela de seguro no, que esa se fue con su macho, el verdadero *pai* de tu hijo menor. ¡Qué cabrón eres!

Josefa atendió a Pellé con dedicación, pero no dejó de hablar en un tono bajo que parecía quitarle importancia a lo que decía, como si estuviera hablando a solas. De lejos parecía una abnegada mujer atendiendo a su marido enfermo.

—¿Te *arrecuerdas*, cariño, cuándo metías a tus mujeres en la *jamaca* del rancho al lado de la casa? Las muchas pelas que me diste cuando llegabas *ajumao*.

Para despedirse, Josefa arropó a su marido y le dio un besito.

—Ah, qué bien te voy a atender cuando e*stemo* solitos en casa, ya vas a ver. Nos *vemo* mañana, corazón.

Pellé se despertó con el primer canto de los gallos. Se deslizó de la cama y rápidamente confirmó que su pierna izquierda no le obedecía. El lado izquierdo de su cuerpo estaba prácticamente inerte, seco. Le tomó un buen rato hacer balance y dominar la técnica de dar un paso con su pie derecho y arrastrar el izquierdo hasta emparejarlos. Los primeros pasos fueron tan lentos que la baba que resbalaba por la boca retorcida formaba un charco en el tablado.

Tardó cerca de una hora en llegar a su destino, el palo de higüeras. De los frutos de ese árbol su madre fabricó casi todos los utensilios de la cocina. De niño él se había encaramado en las mismas ramas de donde ahora pretendía colgarse. Su infancia había sido feliz. El patrón visitaba a su madre algunas noches y le llevaba dulces. El viejo Oliver le enseñó a fumar y a beber ron. De sus cincuenta y cuatro años solo pasó los primeros doce sin sus vicios favoritos. Las *jembras*, eso no era vicio.

Anudar la soga con una mano no se le hizo muy difícil; después de todo, su mano izquierda desde la pelea a sablazos no le servía de mucho. Lanzar la soga con su lado bueno tampoco le ofreció dificultad y, como la rama no era muy alta, todo fue sencillo. Lograr treparse al balde que había traído sí se le complicó. Le tomó varios intentos y terminó por saltar en una sola pierna asiéndose de la cuerda para hacer balance. Lo más difícil de todo fue lograr hacer un nudo que no cediera sin perder el equilibrio antes de tiempo. Cuando estuvo listo, cansado, miró al suelo y vio el humillante charco de saliva. Entonces sin necesidad de forzarlo, se resbaló y la soga comenzó a apretar. A pesar de haber ganado peso en los últimos meses, su ancho cuello no cedió fácilmente ante la soga, por lo que la sensación de asfixia le invadió lentamente. Un reflejo natural le hizo asir la cuerda con la única mano que podía usar, pero no fue suficiente para hacer que el aire llegara a sus pulmones, si acaso logró que el suplicio se prolongara. Su último pensamiento fue para Josefa: «Te *jodistes*, porque a mí no me vas a chingar».

Perder a Pellé, su incondicional aliado desde el primer día que pisó la isla, fue muy doloroso para Ana. En cierta manera el capataz era la otra cara de la moneda de lo que a ella le tocó vivir. Pellé era el macho fuerte y viril que no podía mostrar debilidad alguna. Al final, hombres y mujeres sufrían por las malditas convenciones sociales. Emiliano se esforzó aún más para que Ana estuviera distraída, pues caer en una profunda tristeza no le haría bien a la barriga.

Capítulo IX. Que trata de cómo Ana y el doctor se convierten en padres y se ven obligados a defender vida y honor

Un veintitrés de marzo, nace Celestina Esperanza Arabella Italia Alacán Ozores, que con su extenso nombre reflejaba la paciencia y muchos años de pruebas de su madre. Con el primer nombre Emiliano deseó rendir honor a Celestina Cordero, una de las primeras maestras de todo Puerto Rico. Italia, en honor a su difunta abuela materna, la calumniada por las lenguas de aquella lejana ciudad echada al olvido. El nacimiento de la vivaracha Aritalia, como de cariño le decían sus padres, se adelantó varios meses. Ana no tenía dudas de que su hija estaba viva, alimentándose de sus senos gracias al ingenio y a la excepcional dedicación de Emiliano. Su sufrimiento y espera por décadas había sido recompensado ampliamente. Tomó cuarenta y cinco días para que la niña pudiera mamar libremente. Ese día, habiendo cumplido con su sagrado deber de médico y de padre, Emiliano cayó rendido por el cansancio. Morfeo le otorgó un merecido descanso que se extendió por veinticuatro horas.

El día que sangró, demasiado temprano para que la criatura se lograra, Ana estuvo a punto de ser arrastrada por el terror. Eso hasta que Emiliano se hizo cargo. El padre Gonzalo Arizmendi compareció a La Esperanza y, al no ser recibido por Ana rápidamente, presintió que algo no andaba bien. El religioso ofreció administrar sus santos remedios. Emiliano saludó a su amigo con la debida deferencia y cariño, pero sin desatender sus tareas.

—Emiliano, Ana, estoy listo para, si así lo desean, bautizar a la criatura.

—Padre Arizmendi, amigo espiritual y compañero de la lucha por la justicia de la patria y de los desposeídos, nuestro hijo o hija será bautizado a su debido tiempo. Este niño va a nacer para vivir. —Ana se sintió mucho mejor ante el aplomo de Emiliano y sus palabras.

—Ana, te pido que estés tranquila y que confíes en mí. Para que la bendición que está por llegar sea la felicidad que deseamos, necesito unas pocas horas para preparar su recibimiento. Ahora precisamos que te mantengas tranquila y, llegado el momento, que seas valiente y lo des todo para que la criatura nazca. Luego, yo pondré todo mi esfuerzo y fe para que salga adelante.

—Padre, si usted va al pueblo puede ayudar a que despachen con premura la nota de los artículos necesarios.

—No faltaba más. Emiliano, dame la nota, que salgo para allá ahora mismo. —El padre bendijo a Ana y a Emiliano, y rogó para que la Virgen los acompañara en el parto, para que la criatura naciera sana.

Salambó partió junto al padre Gonzalo, que en el camino dividió la lista de encargos para aligerar el proceso de completarla. Los primeros artículos en la larga lista eran un tratado de medicina y otros instrumentos que estaban en su consultorio en el pueblo y que su asistente debería llevar a la hacienda con premura. Del taller del tonelero, uno de sus toneles nuevo, de roble del país, si fuera posible cortado a la mitad. Artículos de la herrería y de la farmacia completaban la extraña lista de artículos que encargó Alacán. Frígilis puso manos a la obra y comenzó la construcción de algunos artefactos que Emiliano garabateó en un papel.

Al quedar solos, Emiliano se recostó en la cama junto a su esposa, y abrazándola tiernamente le dijo:

—Querida Ana, nuestro crío parece que llegará antes de tiempo. Está a punto de cumplir seis meses. Si Dios quiere y es niña, se le hará más fácil sobrevivir, pues contrario a lo que se cree, las niñas son más fuertes que los machos. —Emiliano continuó detallando los preparativos para el inminente parto, reconfortando a la futura madre.

Con paciencia y amor, le explicó a Ana que los encargos estaban destinados a recrear un ambiente parecido al que el crío tiene en la placenta, para que terminara de desarrollar los pulmones y el sistema digestivo.

—Permanece acostada, tranquila, y no te levantes ni para ir al baño. Necesitamos por lo menos seis horas más para tener todo listo.

—Mis temores desaparecen contigo aquí a mi lado, ocupándote de nosotros, de mí y de tu hijo.

Emiliano se levantó, besó tiernamente primero la barriga de Ana y luego los labios de su mujer, despertando la pasión y disipando, por lo menos momentáneamente, el terror que se apoderaba de ella al pensar que podría perder a su hijo. Eran una pareja que hablaba de ciencia, poesía e historia, pero igual les encantaba estar uno sobre el otro, y besarse y besarse...

Antes de que las cosas se calentaran, el doctor Alacán se aprestó a continuar organizando hasta el último detalle para atender al infante que estaba por nacer. Las ventanas del cuarto fueron cubiertas para asegurarse de que el frío de la montaña no penetrara en la habitación. Se colocó doble cortina en la entrada para que, al salir y al entrar, no penetrara ninguna corriente de aire en la habitación. Se hirvió abundante agua y se desinfectaron frascos de cristal para guardar el preciado líquido. A unos cinco pasos de la entrada del cuarto, se colocó una estación de limpieza, que incluía agua limpia, jabón, alcohol y toallas que debían ponerse en un cesto inmediatamente después de ser usadas. Parecía todo un tanto exagerado, pero entonces el doctor Alacán demostró la forma en que cada persona debería asearse antes de pasar a la habitación del infante o a la de Ana, y precisó quiénes estaban autorizados a entrar a cada habitación. Y también les explicó las razones de tantas precauciones, que emanaban todas de la misma fuente: lo delicado que era un bebé prematuro. El protocolo ya parecía mucho con demasiado cuando el doctor mostró unos cubrebocas que todo el que entrara a la habitación del infante debería llevar puestos. Las cinco mujeres se miraron, como diciendo que no entendían nada, pero estaban dispuestas a seguir instrucciones. No había una familia en la comarca que no se hubiera beneficiado de los cuidados, muchas veces gratuitos, del doctor, y nadie dudaba de sus conocimientos.

En cuanto llegó el ayudante del doctor, le pidió el tratado escrito por Pierre-Constant Budin, donde se explicaba el procedimiento para alimentación de recién nacidos con sonda nasogástrica. Esa era para el experimentado doctor una de las partes más delicadas, pues sería la primera vez que la realizaba. El procedimiento consiste en introducir un tubo por la nariz directamente al estómago para alimentar al neonato en caso de que no pudiera mamar del seno de su madre. El último artilugio que probó el doctor fue el diminuto fuelle que había construido el Frígilis. Le conectó dos pequeñas mangas y lo accionó un buen rato, sintiendo sobre su piel las corrientes de aire y regulando el ritmo que imitaba la respiración de un recién nacido. Con todos los preparativos listos, el doctor Alacán se fue a ver a la futura madre.

El doctor se aseguró de que todo el que estuviera en la casa se lavara las manos apropiadamente, que tuviera ropa limpia, y repasó los protocolos con todos. Entre los inventarios que tenía disponible había agua hirviendo, agua tibia, agua purificada en garrafa de cristal, alcohol y otros aparatos. El cuarto del infante estaba ocupado por el medio tonel de roble junto a cuatro botellas de cristal con agua caliente. La estancia tenía una agradable temperatura, un calorcito rico en las telas que cubrían el tonel. El cuarto más bien no olía, se respiraba limpieza. La habitación estaba en penumbras porque el doctor Alacán insistió en que no podía haber candelas ni quinqués dentro de la habitación. Un candelabro colgaba en la parte de afuera del vidrio de la ventana, lo que constituiría la única fuente de luz cuando cayera la noche.

—Ana, ya está todo dispuesto. Ahora necesitamos de tu coraje. Si todo sale bien, en menos de dos horas nuestro *bébe* estará con nosotros. Al poco tiempo de nacer, si todo está bien, lo tendrás en tus senos mamando. Si hay dificultades, me lo llevo a su cuarto, donde ya tengo todo alistado. Entonces volveré para ayudarte a extraer leche materna para dársela a nuestro hijo. Para que puedas ayudar a tu hijo, tienes que alimentarte bien para que des abundante leche.

Emiliano también había previsto que una cesárea pudiera ser necesaria, y estaba listo para esa eventualidad. En caso de necesidad, su ayudante se encargaría de atender a Ana mientras él estabilizaba al recién nacido.

—Estoy lista porque tú estás conmigo. Quiero luchar por nuestro hijo.

—Pues arriba. De este instante y hasta que nuestro *bébe* esté fuera de peligro tengo que ser y actuar como el doctor Alacán, no como esposo o padre. Si dejo que las emociones me ganen, no podré hacer todo lo necesario. Ustedes dos son mis más preciados pacientes —dijo Emiliano posando su mano sobre el abdomen de Ana.

Alacán ayudó a Ana a levantarse y, tomados de manos, iniciaron una caminata alrededor de la casa. Luego de quince minutos regresaron a la habitación y dieron inicio al proceso. Ana y su hijo, sin ningún tipo de analgésico, se comportaron como héroes. El *bebé* resultó ser una hermosa niña que nació con abundante cabello. La niña tenía problemas respiratorios, por lo que el doctor Alacán la envolvió en una manta, le limpió el rostro y apresuradamente comenzó a ayudarla a respirar con el fuelle que tenía preparado. Antes de salir rápidamente en dirección de la habitación de la recién nacida, Alacán, sin dejar de accionar el respirador, acercó a la niña al pecho de la madre.

—Todo va a estar bien. Descansa, y en cuanto puedas toma agua en abundancia para que des mucha leche, que nuestra hija la va a necesitar.

Ana lloró de felicidad al sentir el calor de su hijita sobre el pecho y al ver sus manitas moviéndose. Alacán besó a Ana en la frente y salió raudamente de la habitación, llevando a su hija envuelta en una gruesa manta. Filomeno, el ayudante del doctor a cargo de Ana, para distraerla le preguntó por el nombre de la recién nacida. Y Ana, con todo y dolor, se entusiasmó contando el significado de cada parte del nombre de la niña.

Una vez en la habitación destinada a la niña, la colocó en su improvisada incubadora. A Tomasa, la sirvienta recién entrenada enfermera, le recordó que el termómetro no debería bajar de noventa y siete grados y que era necesario que cambiara las botellas de agua caliente tan pronto la temperatura comenzara a bajar. Sin dejar de accionar el respirador, Alacán fue limpiando con una toalla tibia a su hijita. El ritmo al que pulsaba la bomba era de suma importancia y se lo enseñó a Tita. «Un, dos, tres, una corta pausa y aprieta. Un, dos, tres, y aprieta...». Ya el morado había desaparecido de la piel de la niña y su pecho se movía rítmicamente, por lo que Alacán se sentía más relajado. Luego de una media hora se dejó a la niña respirar sin ayuda.

El doctor tomó unos minutos para serenarse. Con mucho cuidado midió a la criatura bajo las sábanas e hizo marcas en los tubos que tendría que introducir por la nariz de su hijita. Ya que la niña respiraba por cuenta propia, había llegado el momento de alimentarla. Emiliano fue a la habitación de Ana.

—Por favor, déjenos a solas.

—Ana, voy a succionar leche para alimentar a nuestra hijita. Te tienes que relajar para que el calostro fluya, que es vital para que nuestra criatura gane fuerzas.

—¿Cómo está la niña? —preguntó Ana, un tanto nerviosa.

—Ya respira por sí sola y parece estar hambrienta.

Con hábiles manos, Emiliano dejó a la vista los abultados senos de su mujer y comenzó a masajearlos formando círculos y ejerciendo presión donde sentía mayor inflamación. Al poco rato empezaron a salir gotas de leche.

—¿Cómo se siente esto?

—Se siente bien, mi amor. Me alivia el dolor.

Ana no solo se sentía aliviada por los masajes, sino que también se llegó a excitar, pero esa parte se la reservó. El doctor colocó sobre un seno la goma Orwell Needham y comenzó a succionar leche. Cuando hubo sacado lo que a Ana le pareció una cantidad insignificante, colocó el tubo de cristal entre unos paños calientes y se despidió de su mujer.

Tomó unos minutos para serenarse. Era el momento de introducir el tubo por la nariz de su hija y llegar hasta su estómago. Si empujaba con demasiada fuerza podía desgarrarle la tráquea o perforarle las vísceras. Igual la podía ahogar si el tubo no llegaba a la profundidad precisa.

A la familia Alacán Ozores le esperaban muchas más vicisitudes, pero de momento la vida de Aritalia era la única preocupación. El doctor Alacán recibió la noticia de la fallida intentona con más de veinticinco muertos y muchos arrestados. Todos eran hombres comprometidos y valerosos. Pero era humano pensar que el componte o la estacada haría hablar a más de uno. Otra táctica de intimidación era ahorcar a uno de los presos en la presencia de los restantes para, a los pocos minutos, ofrecerle a uno ser el próximo u obtener la libertad a cambio de una confesión. Esos eran los métodos infalibles del teniente, que no había olvidado a la hembra que le esperaba en La Esperanza. Era cuestión de ir «a por ella».

Aritalia tenía un poco de betún africano, sol y oro de Borinquen en su piel y de Quisqueya también. Su pelo era azabache y los ojos marinos, como los de su madre. En fin, según los entendidos Aritalia era una beldad, quizás aún más que su madre.

La segunda batida a la casa no estaba a cargo del capitán sino del arrogante teniente. Rosetú iba acompañado por doce soldados. El militar no había podido olvidar a la guapa y orgullosa dueña de La Esperanza y les decía a sus subalternos «a esa me la echo a la panza sin tardanza». La última vez que había fornicado había sido con una negra cimarrona que apestaba. Soñaba con copular en una cama con sábanas blancas, comer carne blanca y perfumada.

—Si encuentro al médico traidor a la patria, lo mato de un tiro. Y si se entrega, peor para él, pues entonces lo ahorco.

Pensaba para sus adentros que se podía casar con la viuda y convertirse en un gran hacendado. Entonces no tendría que corretear detrás de criminales. Las mujeres y las hijas de los *arrimaos* estarían todas a su disposición.

Siendo doña Ana viuda y española, se casaría con ella por la Iglesia, que estaba cansado de follar con negras y mulatas. Hasta podría abandonar la milicia.

—Buscamos al fugitivo Emiliano Alacán, acusado de sedición y por instigar a revueltas contra su Majestad, el rey Amadeo I de España —dijo el teniente entrando a La Esperanza sin ser anunciado.

Ante el asombro de Ana que, petrificada, no pudo pronunciar palabra, el militar agregó al ver a la niña en su moisés:

—¿Esta mulata está a la venta?

La injuria a su hija hizo que Ana reaccionara como leona que protege a sus cachorros.

—No, no está a la venta. Lo que parece estar a la venta, y muy barata, es vuestra dignidad. Pero su capitán se enterará del gesto de valor de su pequeño teniente. Revise sus órdenes porque, que yo sepa, el rey Amadeo abdicó del trono hace meses.

—Mira, perra, yo te voy a enseñar a respetar a la autoridad, y lo que es más, a un hombre.

El teniente hizo una seña a sus acompañantes para que lo dejaran solo. Se acercó a Ana, de un tirón rasgó su traje y de un pescozón la lanzó al suelo. Alacán, en su escondite bajo la mesa del comedor, seguía la dirección de los pasos de los soldados sin perder detalle. Ya lo único que perturbaba la tranquilidad del hogar eran los gritos de Ana y la risa del teniente. Milagrosamente la niña no había despertado. A una señal del doctor, Salambó hizo saltar las tablas del suelo, y con su fuerza el joven impulsó al doctor Alacán, que cayó parado en la sala de la casa. El doctor corrió a la habitación empuñando una espada en la diestra y un afilado puñal en la otra mano. Al cinto llevaba un revólver.

El violador, por tener los pantalones enrollados hasta el borde de las botas, avanzaba con dificultad hacia Ana, que se había arrastrado hasta una esquina de la habitación. Del vestido desgarrado se asomaban las mamas de Ana rebosantes de leche. Ver la cara de terror de sus víctimas era lo que lo excitaba y lo tornaba poderoso. En su enfermedad mental veía a su capitán tirado en el suelo y él, todopoderoso, lo poseía cual dios griego.

Alacán, sin ninguna vacilación, atravesó al cobarde a media espalda dejando el acero clavado hasta la empuñadura. El canalla, de primera instancia, a pesar de sentir un hebijón, en medio de la sobreexcitación, intentó seguir avanzando hacia su presa, pero un agudo dolor causado por su hígado atravesado no se lo permitió. El teniente cayó de rodillas y Alacán lo haló por el hombro, haciéndolo caer de espaldas. Un alarido de dolor salió de la boca del soldadesco al verse atravesado por la espada. Con la boca abierta, desconcertado, presto a pedir socorro, recibió una estocada en plena boca que ahogó el grito de socorro, que no pasó de ser un pensamiento. El puñal le arrancó varios dientes que tragó junto al acero. La hoja del cuchillo talló una macabra y ancha sonrisa que le desfiguró el rostro al ya difunto. La puñalada fue de tal magnitud que la hoja de metal atravesó la garganta y el cráneo para terminar incrustada en las tablas del suelo. La sangre que brotó de espada y cráneo se confundía con las manchas oscuras de los tabloncillos de maga.[9]

Murió el teniente, sin enterarse muy bien de lo que pasaba. Su miembro viril estaba listo para entrar en las blancas carnes; sin embargo, fue él quien recibió doble penetración. Todo sucedió tan rápido que no tuvo tiempo de pensar en arrepentimientos ni en pedir perdones. En fin, que se fue directo al infierno. Ana, claramente impresionada por el violento intento de deshonra, no pudo soportar ver la boca del teniente rebanada. Su marido, acostumbrado por su profesión a la sangre y a las incisiones, no titubeó al dar el golpe fatal. Ana quedó desvanecida en la esquina a donde llegó en su huida.

La vela encendida en el altar a la Virgen María había caído al suelo cuando el teniente canalla atacó a Ana. No había mucho tiempo para salir de la casa. Rápidamente tomó a la niña y la llevó al túnel mientras Salambó hacía lo mismo con Ana. Tuvieron que avanzar a toda prisa porque ya se hacía difícil respirar. El túnel también empezó a ser invadido por la humareda, por lo que apretaron el paso.

Cuando Alacán concibió la idea de cavar un túnel para, de ser necesario, escapar de los soldados, jamás pensó que su mujer y su hija le acompañarían. El túnel acababa en el charco en forma de cacerola casi frente a la casa de la hacienda. Con antesala a la culminación del proyecto, se sembraron bambú y otras plantas para que la ruta de escape

---

9 Maga: *Thespesia grandiflora.* Árbol maderero endémico en la isla de Puerto Rico. Su madera se utilizaba para fabricar los tabloncillos para los pisos. Su flor es roja, parecida a la flor de amapola.

estuviera totalmente cubierta. Los trabajos en el túnel se completaron un caluroso verano y Alacán agradeció la frescura del agua al zambullirse en el charco y cruzar al otro lado del río. Ahora el agua estaba fría, y ya no se trataba de si le molestaba el agua helada, sino de cómo zambullirse con su mujer desmayada y con la delicada Aritalia. Por suerte Salambó consiguió varios sacos vacíos que unos dentro de los otros podrían proteger a la niña del porrazo del agua fría. A Ana, por lo menos, le cubrirían la cabeza.

Capítulo X. Donde Ana, el doctor Alacán y su hija huyen, y de la enjundia con que la fermosa dama afronta la desventura

«Soy más cabrona que bonita...
¡Y mira que soy muy bonita!».
María Félix

El fuego cual Tántalo hambriento intentaba devorar en su maldad el noble hogar. Peones y sirvientas al mando de Frígilis formaron una cadena sacando agua del río para arrojarla sobre la estructura en llamas. Se concentraron en salvar la porción que todavía no había sido devastada. Frígilis mandó a uno de los peones a abrir la compuerta del canal que movía la despulpadora y que pasaba por la parte de atrás de la casa. Otro peón fue por bambúes a la orilla del río mientras Frígilis derribó un pequeño pedazo del canal para incrustar dos largos bambúes en el boquete recién hecho. Cuando el agua del canal comenzó a fluir, dos enormes chorros cayeron como cataratas dentro de la casa. Los niños, imitando a los adultos, por su cuenta formaron una cadena de braceros que emulaba la de los mayores. Los pequeñines arrearon agua con lo que tenían a mano, ditas y cacerolas de la cocina. Ninguno de ellos estaba dispuesto a permitir que su maestra, la *tití* que les dio cobijo durante el huracán, perdiera su hogar.

La soldadesca, acostumbrada a seguir instrucciones, miraba sin saber qué hacer. El sargento fue el primero en caer en cuenta de que el teniente no había salido de la casa y rápidamente sospechó que algo no resultó bien. Por fortuna, solamente una tercera parte de la casa se quemó. Cuando por fin se extinguieron las llamas, los soldados, que no ayudaron en el esfuerzo, entraron a revisar. Debajo del techo colapsado de lo que había sido la habitación de Aritalia encontraron un cadáver. Por la espada e insignias concluyeron que era el teniente Cantú. De Ana y la niña no encontraron rastros. Al seguir buscando dieron con la entrada del túnel por donde escaparon los ahora fugitivos.

El sargento, guiado no por deseo de venganza sino por la ilusión canallesca de que él era ahora la primera monta de la hembra, se adentró con varios hombres en el lúgubre túnel. Estaba cansado de ser postergado siempre a un segundo lugar detrás del teniente. Rumiaba el malandrín en sus oscuros pensamientos que el héroe podía ser él, casarse con la mujer y convertirse en el gran hacendado que quiso ser Cantú. El sargento no era capaz de elaborar un plan tan perverso por sí mismo, pero le sobraba maldad para ejecutar lo que su teniente había elucubrado.

Al llegar al final, se toparon con que el túnel terminaba en un foso lleno de agua. No era difícil adivinar que debía llegar al río frente a la hacienda.

—Soldado, salte al foso y averigüe a dónde llega —ordenó el sargento al soldado más cercano al hoyo.

—No sé nadar, mi sargento —respondió el recluta con voz temblorosa.

—¡Imbécil! —gritó el canalla, y de una patada lo arrojó al boquete.

El instinto de sobrevivencia hizo que el desgraciado intentara asirse al borde del hueco, pero el teniente le machucó las manos con la culata de un rifle. No pasó mucho tiempo cuando, desesperado y cansado de manotear, el infeliz desapareció en las oscuras aguas.

—Vamos a ver a dónde carajos sale ese inútil, que por ahí tiene que haber escapado Alacán —le dijo el sargento al cabo mientras iniciaba la marcha de regreso a la entrada del túnel.

—Atención, soldados, todos al río. Un compañero cayó a la corriente luchando contra el fugitivo Emiliano Alacán. Tenemos que encontrarlo. —De esta forma el sargento pretendía sembrar animosidad contra el doctor.

No tardó mucho en aparecer un cuerpo flotando en el charco frente a la casa. Era el cadáver del joven recluta.

—El fugitivo es peligroso y anda armado. Ya ha matado a dos de nuestros compañeros de armas. Si lo ven disparen a matar —dijo el sargento arengando a los soldados.

Acostumbrados a perseguir fugitivos en la sierra, no se le hizo difícil a la tropa dar con el rastro de Emiliano y su familia. Salambó oyó el ruido de los caballos galopando jalda arriba, por lo que recostó a Ana un tanto apartada del camino, dejándola con Emiliano y la niña. Regresó hasta el estrecho conocido como el Paso del Diablo. Trepó por la ladera hasta situarse detrás de una enorme roca que descansaba al borde del precipicio. Comprometió todas sus fuerzas intentando empujar una enorme roca ladera abajo, pero no lograba moverla. Si Pellé estuviera allí, de seguro que entre los dos lograrían lanzarla cuesta abajo. Cuando se sentía desfallecer, la roca comenzó a moverse y entre una nube gris creyó ver a Pellé a su lado animándolo mientras empujaba al unísono.

Los cascos de los caballos resonaron como si estuvieran sobre ellos. Pellé hizo una señal y entre los dos de espaldas a la piedra empujaron con todas sus fuerzas. El caballo del sargento galopaba al frente, pues su jinete no estaba dispuesto a que nadie le quitara la gloria de matar a Emiliano. La bestia, asustada por la avalancha que se le venía arriba, se lanzó jalda abajo con todo y jinete. El paso quedó totalmente obstruido. Los soldados tardaron más de media hora en dar con el caballo y el sargento al fondo del cañón. Algunos de los militares expresaron sin titubeo que la muerte del teniente y ahora del sargento era castigo divino y decidieron regresar al pueblo sin dilación. Todos miraban al cabo con ojos de «te toca a ti, cabrón» y con muchas dudas sobre la muerte del recluta. Entre la tropa había uno que otro paciente del doctor, y más de una madre estaba viva gracias a él. Nadie se tragaba la explicación acerca del ahogado que había difundido el sargento.

Como si hubiese encontrado un talismán maldito o la muerte le moviera los hilos a un titiritero, el cabo solito decidió tomar el relevo en la empresa funesta. Esa mujer era para él. Ya se veía por el mérito de sus hazañas escalando a sargento y por qué no, a teniente. Las huellas le dejaban ver claramente que los fugitivos iban a pie. Como Salambó cargó a la desvanecida mujer, el cabo marchaba seguro de que, con solo eliminar a un hombre, podría disfrutar de la hembra. El plan era el mismo de siempre, pero ahora él era el protagonista. No tenía que compartir el botín con nadie. Llegar de sorpresa, matar al doctor y gozar de la mujer. Después, la gloria: honores, ascensos, boda y tomar posesión oficialmente de mujer y propiedades. En fin, ser un gran hacendado, un don temido y respetado. Por otro lado, el último de los grandes canallas temía que las fechorías cometidas junto a su teniente llegaran a ser conocidas por el capitán y que él pagara todos los platos rotos. Así que, sin dudarlo, se fue en busca de su destino. Al cuartel no regresaba sin el cadáver del doctor sedicioso.

A un africano impuesto a ver bailadores poseídos por Changó bajo el golpe rítmico del *tambó* no se le hizo raro que el espíritu de un jefe amigo acudiera a su auxilio. Además, los blancos le habían hablado del muerto resucitado. Salambó sintió la roca deslizarse arrastrando a su paso árboles y tierra con otras rocas de menor tamaño. Cayó desmayado por el titánico esfuerzo y con la espalda ensangrentada, pues su piel quedó muy delicada por los cientos de azotes que recibió cuando era esclavo. Al despertar llamó a Pellé, pero no había rastro del amigo.

Emiliano, con Ana ya consciente, continuó la marcha hasta que llegaron al punto de encuentro: el pequeño parque ceremonial. Allí, entre petroglifos, se tumbaron a descansar y a esperar por Salambó. Emiliano sacó el cuchillo con que mató al primer hombre en su vida y comenzó a limpiarlo. Ana pudo percibir el sufrimiento de su compañero y calladamente se acercó a solidarizarse posando la mano sobre el hombro de su amado.

—Este cuchillo perteneció a mi abuelo, el francés —le comentó a su mujer, enseñándole el grabado en la hoja de metal.

Por un lado, decía *ne me dessine pas sans raison*,[10] y por el otro, *pas de garde de l'honneur du péché*.[11]

---

10 «No me desenvaines sin razón».

11 «No me guardes sin honor».

Emiliano abrazó a Ana emocionado, con lágrimas en los ojos y un taco en la garganta. Él llevaba muchos años luchando por la independencia de su patria. Sus manos se habían manchado miles de veces con sangre, pero era la primera vez que era sangre de una víctima y no de un paciente. No tenía muy claro si mató por el honor de la patria o el de su mujer.

Ana besó las manos de Emiliano diciendo:

—Lo sacaste para defender mi honor, que es tu honor y la vida y honra de tu hija, que juntos conformamos patria. Estoy segura de que tu abuelo estaría orgulloso de ti. Y ni Dios puede encontrar falta en que un hombre defienda a su familia. Te amo, Emiliano, y ahora entiendo y me uno a la lucha por liberar la isla, que es la de mi hija, y desde hoy, si me lo permites, la mía propia. A nuestra hija la educaremos para que sea una mujer valiente al servicio de su nación.

¿Qué más le podía pedir un hombre a la vida? Entonces Ana le rogó que le enseñara a manejar el revólver. No quería volver a sentirse indefensa, como cuando Cantú la atacó. Emiliano portaba dos armas Lefaucheux. Le quitó las municiones a una de ellas y se la entregó a Ana.

—Los soldados están cerca. No podemos hacer ruido —dijo mientras le mostraba cómo apuntar y halar el gatillo.

Luego de varias instrucciones, le entregó las municiones para que Ana volviera a cargar el arma. Y le dio la última advertencia:

—Nunca apuntes con el arma a nadie, a menos que estés determinada a hacerle daño.

Ana devolvió las municiones al tambor del arma, dejándola dispuesta. Aferrando el arma cuidadosamente, la ocultó entre los pliegues de su traje, sintiendo el frío metálico contra su piel como si fuera la misma muerte. Estaba segura de que no le temblaría el pulso para defender la vida de su hija o la de su marido. Y si fuera necesario, se sentía preparada para defenderse por sí misma. Ya más relajados, Ana le daba la teta a su hija. El pecho descubierto excitó al bandido, que justo en ese momento había dado con ellos. En medio de la lujuria y ansiedad causada por los abultados y nacarados senos, le disparó a Emiliano precipitadamente. Este último se inclinaba en ese momento a besar la frente de su hijita. Cayó herido Alacán, mientras el asesino avanzaba sonriendo, listo para rematar a su presa. Iba contento y listo para arrojarse sobre la presa fácil tan pronto ultimara al herido.

El cuerpo de Ana casi rozaba el de Emiliano. Impulsada por su instinto maternal al oír el estruendo, se arrojó al suelo cubriendo a la pequeña con su cuerpo. El cabo llegó hasta donde yacía Emiliano y le apuntó con el rifle a la cabeza cuando sonó otro disparo que ahogó el llanto de la infanta y retumbó en las piedras del parque indígena como si fuera la pelota del batú.[12] Aunque fue relativamente rápido, tardó alguna fracción de segundo en darse cuenta de que no había llegado a disparar. Mientras caía, logró asociar la quemazón en el pecho con el disparo que había escuchado. Murió con el gesto de incredulidad en la cara por no concebir que una mujer lo hubiese embalado. Al tocar suelo estaba muerto.

---

12 El batú (o batey) es un deporte de origen taíno que se practicaba en un espacio rectangular, cercado con rocas, por eso mismo el área de este juego se conocía como «batú». La bola se fabricaba con raíces y yerbas, confeccionando una masa redondeada y sólida, similar a la goma. Se jugaba entre dos equipos parecido también al fútbol. La bola se lanzaba al aire y los competidores tenían que evitar que la bola cayera al suelo de su lado respectivo. Se jugaba con cuatro partes del cuerpo las: cabeza, rodilla, muslos y cadera. Los puntos se anotaban en la caída de la bola.

Sin dilación, Ana se lanzó sobre Emiliano, que, inconsciente, sangraba profusamente por el hombro. Desgarrando la manga de su traje, Ana presionó sobre la herida y rápidamente amarró la improvisada venda sobre el hombro, deteniendo así la hemorragia. Salambó, que regresaba con una carreta a la distancia, oyó el estruendo de un tiro. El hombre tuvo que volver a usar su extraordinaria fuerza e ingenio. Le resultó necesario desviarse porque el camino continuaba bloqueado. Salambó desenganchó la bestia para elevar la carreta sobre sus hombros y cruzar por un atajo. La carreta que trajo Salambó fue imprescindible para transportar a Emiliano hasta la localidad donde vivía un correligionario.

El grupo tardó varias horas en llegar hasta la hacienda del amigo conspirador. Dada la gran cantidad de sangre que perdió, a Emiliano le tomó casi tres semanas recuperarse. Ana no se apartó del enfermo ni un momento. Salambó pudo comunicarse con el padre Gonzalo y lo puso al tanto de los acontecimientos. El padre de inmediato se fue a ver al capitán Santiesteban. Para su sorpresa, el capitán recibió su plática en silencio y parecía estar de acuerdo con su exposición. Y es que, sin la presencia del teniente Cantú y de sus secuaces, el capitán recibió confidencias de toda la tropa. Se había enterado de las atrocidades cometidas por su subalterno. Eso lo había dejado muy desanimado, porque los sucesos hablaban mal de su gestión como líder. Todo sucedió bajo sus narices. Fue él quien recomendó el ascenso a teniente del perverso Cantú. Ahora le era más fácil entender por qué los criollos aborrecían la presencia de sus tropas. La bandera española en la serranía era sinónimo de abuso y crimen. El padre se despidió del honrado militar, alentándolo a hacer lo correcto:

—Capitán, haga el calambur que sea necesario en su reporte, pero haga justicia. Emiliano no gozaba de la amistad de la corona porque era abolicionista. Hoy no existen ni corona, ni esclavos. Mañana quién sabe si los insurrectos serán los padres de la patria. Su teniente era un abusador, un violador que encontró la horma de su zapato, un hombre valeroso que supo defender el honor de su hogar. Usted es un hombre honrado y respetado, y no puede hacerse de la vista larga ahora que sabe el proceder de su subalterno.

—Padre, me siento abochornado. Lo que usted me ha contado no hace más que confirmar mis investigaciones. Al doctor Alacán no se le acusará del asesinato del teniente Rosetú ni de la muerte de los otros dos canallas. En mis reportes el nombre de doña Ana no aparecerá. Ahora, en cuanto a los cargos por sedición contra Alacán...

—Por eso no se preocupe —interrumpe el padre—. Alacán, como hombre de honor, asumirá, le aseguro, sus responsabilidades.

Sin tener nada más que hablar, se levantaron y estrecharon sus manos en un gesto de mutuo respeto. El capitán Santiesteban quedó profusamente triste porque su carrera se había reducido a perseguir a caballeros como el doctor Alacán, que enarbolaban justos reclamos. Hasta formar un hogar con una dama como Ana le era vedado. Se había casado con la milicia. En las noches su honor y buen proceder no fatigaban la conciencia, pero no calentaban el cuerpo bajo las frías sábanas. En la penumbra el capitán redactó su informe donde cuatro militares murieron en el honroso desempeño del deber por un deslave, acto de la naturaleza o del mismo Dios. En lo que se había vuelto su costumbre, se sirvió dos dedos de aguardiente, que bebió como si se tratase de un prolongado beso. Así continuó toda la noche hasta que la madrugada lo encontró borracho.

Temprano al otro día de la audiencia con el capitán, el padre se puso en camino para llevarle las buenas nuevas a sus amigos. Al llegar Gonzalo, encontró a Emiliano quizás débil, pero de pie, y le soltó el más recargado saludo que jamás hubiese pronunciado.

—Me tendré que repantigar para departir con tan fatuo convaleciente. Ante mi vista, sin báculo camina el docto amigo espantando el lóbrego y etéreo miedo a perderle. ¡Emiliano, qué bueno verte!

—Perdone usted, buen amigo, que en esta ocasión no me defienda de tan empalagoso saludo. No me siento capaz de meterle el «hombro» en este instante a tan ardua tarea.

Entre carcajadas, y con el debido cuidado para no lastimar la herida, los amigos se fundieron en un abrazo. Con mucha alegría Ana se unió a la celebración. Rápidamente Gonzalo puso a los presentes al corriente de las nuevas buenas y de las no tan buenas. Emiliano, al enterarse de que Ana no estaba acusada de nada, le agradeció a su amigo por sus gestiones. Luego de conferenciar con el padre, el doctor comprendió que él representaba un peligro para Ana y su hijita. Concluyó que no podía volver a poner a su familia en riesgo. A pesar de que todavía se sentía débil, Emiliano comenzó los preparativos para marcharse tan pronto fuera prudente.

Gonzalo y Salambó, entendiendo el enorme peligro que representaba para la familia que él fuera un proscrito, se solidarizaron con sus planes. La conversación con Ana no fue bien, pues Ana se mantuvo firme en el deseo de no separarse de él.

—Emiliano Alacán, si tú arriesgaste tu vida por salvar la mía cuando aquel salvaje me atacó, yo arriesgo la mía mil veces junto a ti. Vivo y muero junto a ti, y no acepto que me trates sino como a otro camarada de armas. Vida y hacienda sacrifico por mis dos amores —concluyó Ana con Aritalia en brazos.

Advirtiendo la recia determinación de su mujer, Emiliano no se atrevió a contradecirla. Si sus sospechas se confirmaran como ciertas, lo mejor sería evitarle otro mal rato a su *pupurucha*. En el raciocinio con el padre Gonzalo y Salambó, encontró el apoyo que necesitaba para tomar su decisión dejando a su mujer fuera de los planes de huida. Su proceder fue un poco de cobardía y otro tanto de sacrificio. Por mucho tiempo en sus decisiones no tuvo que involucrar a nadie. Las cosas habían cambiado. Lo cierto es que a Ana le esperaba la primera gran decepción en su relación con el doctor. Esa noche y muchas otras Ana no dormiría entre los brazos de su amado.

Despertó tarde, sintiéndose pesada y más cansada de lo normal, achacándoselo al esfuerzo de cuidar a su marido durante las semanas de convalecencia. Al querer abrazar a su compañero, se dio cuenta de que estaba sola en la cama. El pedazo de lecho donde había imaginado a Emiliano estaba frío y vacío. En vez de la caracola marina (el pelo de su marido), sobre la almohada encontró un sobre.

Ana, mi Anita,
Sé que es muy posible que en estos momentos…

* * *

Al salir de la habitación, Ana se topó con Salambó y Gonzalo. La rabia que cargaba Ana era algo que nunca se había presenciado.

—¿Tú sabías? —le increpó a Salambó carta en mano.

La cabeza agachada del joven fue suficiente contestación.

—Traidor. Después de todo lo que he hecho por ti —le reprochó dándole un pescozón.

Gonzalo trató de intervenir, pero el gesto y la mirada de Ana lo dejaron fosilizado.

—Maldita sea el día que volví a confiar en una sotana —dijo Anita escupiendo a los pies del cura.

El ahijado, niño mimado, irrumpió en un llanto inconsolable, pues sentía que había defraudado a su madre. Y le dolió mucho más que los cien latigazos que le propinó el capataz el día que Ana lo salvó. Le dolía por dentro, sollozaba y se ahogaba, no podía respirar. El padre Gonzalo se acercó al muchacho y lo abrazó diciendo:

—Hijo, hiciste lo correcto para proteger a tu madrina. Dale tiempo, necesitaba desahogarse, pues no ha sido fácil lo que le ha tocado en los últimos días. Además, parece que pronto tendrás otro hermanito.

La idea de cargar otra cosita bonita, algo así como Aritalia, hizo que Salambó se sonriera y se calmara. Ana, esgrimiendo su revólver, se perdió en la espesura de la montaña y disparó cuatro tiros, interrumpiendo la falsa impavidez de la campiña. Dos primaveras no podía ser toda su felicidad. Su coraje era tal que la saliva en boca era sangre, se consumía al tragar, se desangraba al soltar.

Fin

Made in the USA
Middletown, DE
30 September 2024

61760969R00090